国际新比较学派文库　金惠敏　丁子江　主编

解构广角观
当代西方文论精要

童　明　著

Deconstruction in Perspectives
A Logic in Contemporary Critical Theories

中国社会科学出版社

图书在版编目（CIP）数据

解构广角观：当代西方文论精要 / 童明著 . —北京：中国社会科学出版社，2019.8（2021.7 重印）
（国际新比较学派文库）
ISBN 978 - 7 - 5203 - 4225 - 4

Ⅰ.①解… Ⅱ.①童… Ⅲ.①文艺理论—西方国家—现代 Ⅳ.①I0

中国版本图书馆 CIP 数据核字（2019）第 058634 号

出 版 人	赵剑英
责任编辑	刘志兵
责任校对	夏慧萍
责任印制	李寡寡

出　　版	中国社会科学出版社
社　　址	北京鼓楼西大街甲 158 号
邮　　编	100720
网　　址	http：//www.csspw.cn
发 行 部	010 - 84083685
门 市 部	010 - 84029450
经　　销	新华书店及其他书店
印　　刷	北京明恒达印务有限公司
装　　订	廊坊市广阳区广增装订厂
版　　次	2019 年 8 月第 1 版
印　　次	2021 年 7 月第 2 次印刷

开　本	710×1000　1/16
印　张	12
插　页	2
字　数	175 千字
定　价	65.00 元

凡购买中国社会科学出版社图书，如有质量问题请与本社营销中心联系调换
电话：010 - 84083683
版权所有　侵权必究

总　序

当人们猛然惊觉高科技数字化浪潮铺天盖地压来之时，很多事情都已改变。娱乐化、网络化、商业化似乎漫不经心地联手涂抹了我们头顶的星空。因为一些大哲巨匠们的话语指向而使人类有所敬畏的"头顶的星空"，退到繁复的重彩后面。在这个观念似乎新潮而又失向和错位的年代，许多像我们一样的人，基于某种固执的信念，继续在天空质朴的原色中跋涉。来自苍穹的光波，本初而强劲！在色彩学中，质朴的蓝色与红、黄两色同为三原色，天然而成，无法分解成其他颜色；而在人文社会科学中，这种原色可以理解为生命、体验与终极关怀。这是人类文明和文化纯净而透彻的结晶。正是这一结晶，赋予社会发展以灵魂、动力、脊梁和血脉，而它们的肉身显现或人格载体就是一代代的东西方大思想家。以此观察历史、现状和未来，便有了一种理智、公正、犀利的洞穿。这种洞穿，是我们在无止境的跋涉间隙，真诚奉献给读者的礼物，微薄却又厚重。它将反观那些连贯古今思想的一步步的累积过程及其不断爆发的聚变，并由此推动了人类社会巨大的发展与进步。

为了实现这种洞穿，在人们普遍重视物质利益追求，而在精神生活方面有时沉湎于空虚、浮躁和无聊的社会文化状态下，"国际新比较学派文库"应运而生。在某种意义上，人类文明的核心价值和基本观念正是通过一系列思想的对话与再对话传递下来的。德国哲学家叔本华曾告诫我们，应该去阅读大哲学家们的原著，通过与其对话来提升自己，并使自己始终站在思想的制高点上而不坠落下来。其实，

解构广角观
NEW COMPARATIVISM

人之为人的高度并不是通过其身高和位高，而是通过其思想高度表现出来的。通过不懈的学习，提升自己思想的高度，这也切合原始儒家所强调的"为己之学"的宗旨，而这套文库的一个目的便是为了解人类思想的对话提供一个窗口。

文库汇集了一定卷帙的专论与文集，对编者而言，成熟一批，推出一批，最终各卷之间构成相互支撑的整体。文库从新比较主义或新对话主义的角度对东西方研究的理论、方法和趋势进行了独特的探索。作者们点燃了一朵朵思想对话的火花；这些火花，可能给予读者一丝情感的暖意，同时又构成一份发人深省的启迪。在对话中发现思想火花的意义远远超出学术范畴。人类存在的所有特点，都可以从思想对话中领悟；人类全部的思想精华，都对读者无限敞开；东西方思想对话指向的精神高度，能使我们从日常生活经验中跃起、上升，点燃信念之灯，照亮深邃的生命。

基于上述考虑，文库拟为理论与实践、观点与材料的结合；强调"上达天意，下接地气"，雅俗共赏，深入浅出；寓学术性于可读性，做到"深者见深，浅者见浅"和"内行看门道，外行看热闹"的双轨效能。文库尽可能面向多元和广大的读者群，除服务对人文、社科感兴趣的一般读者外，也将成为人文社科专业以及其他相关专业的重要参考书。

文库的一个重要宗旨是揭示新比较（对话）学派的学术特征与研究成果。所谓新比较学派，是依据比较学研究通常的四大类型而加以划分的。

（1）传统比较主义（Traditional comparativism）：关注普遍性和纯粹的相似性，但忽略特殊性与差异性；

（2）后现代比较主义（Postmodern comparativism）：关注大众化的认同与相似性，而否认个性与差异性，这等于放弃比较；

（3）受控比较主义（Controlled comparativism）：关注某一特定区域，而并非全球普遍规模的相似性与差异性；

（4）新比较主义（New comparativism）：不断从新对话、新语境、新历史或新文本的角度，同时关注全球和区域的相似性与差异性，尽量通过并置（juxtapositions）与比较不同文化之间的差异性来理性和客观地构建意义，并探究、审思与阐释各种社会文化现象。

前两种比较主义仅仅关注相似性是片面的、肤浅的，第三种仅仅关注区域特殊性也很有局限性，因此应当发展第四种类型，即不断从更新的角度，在普遍性视域下比较相似性与差异性。

21世纪以来，东西方思想对话正面临一个新的历史拐点。在跨文化、跨领域、跨学科、跨方法的解构与整合中，西方人的"东方学"与东方人的"西方学"也随之在撞击与融合下，经历了危机与挑战。西方中心主义与东方中心主义都不可能完全成为独自垄断世界的"一元文明"，这是全球剧烈的社会转型与变革所致。因此，东西方研究者必须拓宽新的视域，开创多维度、多层面、多坐标的研究方法与模式。应当荟萃和共享多元性、建设性、开拓性、批判性、前瞻性的各种思想理念，为了经济、政治、科技、文学、生态、宗教、军事、文化等领域的学术研究，作跨学科、跨文化、跨方法和全球化的理论考察与思想探讨，并致力于东方思想和西方思想以及其他非西方思想的融会贯通，共同创建一个整合性、包容性和互动性的国际化思想视野。

特别需要指出的是，文库作者大部分为20世纪80年代留学欧美、后在欧美大学任教，但与国内学界保持密切交往的学人，同时也包括在国内从事中西比较研究，但在国外频频发声、颇具影响力的大陆学者。"新比较学派"或"新对话学派"从广义上说是一个松散的学术群体，即凡认同第四种比较类型，同时主张在新语境、新历史或新文本中进行跨文化（cross-cultural）、间文化（inter-cultural）、超文化（transcultural）或多元文化（multi-cultural）思想对话的学者；而从狭义上说是以"国际东西方研究学会"这一学术机构为核心的成员群体。这一学术群体目前已建立较为坚实的平台，例如，创办了英文国际学术刊物 *Journal of East-West Thoughts*（简称JET，纸质版与电子版）、中文国际学术刊物《东西方研究学刊》，出版了中文文库"东西方思想家评传系列"，主办过多届"国际东西方研究论坛"，等等。

惟愿我们的工作有益于学术、思想和精神境界的提升，有益于人类命运共同体的当代建构！最后，衷心感谢中国社会科学出版社对于我们学术研究工作的大力支持！

丁子江　金惠敏
2019年7月17日星期三
洛杉矶　成都

目 录

自 序 ·· (1)

上 篇

第一章 解构:来龙与去脉 ···························· (3)
    一 概要 ··· (3)
    二 源头及价值 ··································· (7)
    三 德里达之前的解构两例 ························· (14)
    四 德里达解构的要点 ····························· (17)

第二章 解构:实践与问题 ···························· (27)
    一 文学作品中的解构 ····························· (27)
    二 拉康、文本新理论和解构 ······················· (30)
    三 "野路子"的耶鲁派 ···························· (33)
    四 当代解构提出的问题 ··························· (40)

下 篇

第三章 互文性:新文本理论 ·························· (49)
    一 溯源 ··· (50)

  二 互文的意义 …………………………………………… (52)
  三 互文的呈现方式 ………………………………………… (53)
  四 克里斯托瓦:巴赫金和索绪尔之间的张力 ………… (55)
  五 巴特:文本和解读自由化 ……………………………… (62)
  六 互文理论的发展和运用 ………………………………… (70)
  七 结语 ……………………………………………………… (75)

第四章 弗洛伊德论暗恐:解构"在场"主体 ………………… (78)
  一 何为暗恐 ………………………………………………… (78)
  二 心理分析和暗恐的意义 ………………………………… (79)
  三 《暗恐》一文简述 ……………………………………… (82)
  四 现代文学:负面美学和心理分析的交织 …………… (86)
  五 暗恐的特征 ……………………………………………… (88)
  六 现当代文学和理论中的暗恐 …………………………… (90)
  七 弗洛伊德的诚实 ………………………………………… (94)

第五章 德里达和卡夫卡:解构体系暴力和暴力体系 ………… (96)
  一 "真理"体系及其暴力 ………………………………… (96)
  二 逻各斯中心:结构的结构性 …………………………… (97)
  三 流放地:体系的体系性 ……………………………… (101)
  四 奴隶、奴隶制、奴性 ………………………………… (106)

第六章 尼采式转折:悲剧之力 ……………………………… (109)
  一 美学智慧和生命的穿越 ……………………………… (109)
  二 悲剧精神的记忆 ……………………………………… (115)

第七章 尼采式转折:解构"苏格拉底" ……………………… (123)
  一 苏格拉底和悲剧之死 ………………………………… (123)
  二 "实践音乐的苏格拉底":尼采式解构 …………… (130)
  三 酒神生命观的现代启示录 …………………………… (135)

第八章 说西—道东：中西比较和解构 …………………（140）
  一 方法论：中西比较的异同交叉 …………………（140）
  二 说西—道东的由来 ………………………………（148）
  三 中国和逻各斯中心 ………………………………（154）
  四 中西两种不同的辩证法 …………………………（162）

跋 语 ……………………………………………………（166）

参考文献 ………………………………………………（169）

自　序

一

  1966年10月18—21日，美国约翰·霍普金斯大学新建立的人文中心举办了题为"批评的语言和人文科学"的学术会议，与会者包括几位声名显赫的法国学者：让·依泼利特（Jean Hyppolite）、罗兰·巴特（Roland Barthes）、雅各·拉康（Jacques Lakan）、雅各·德里达（Jacques Derrida）；耶鲁大学教授保尔·德曼（Paul de Man）也参加了会议。除了让·依泼利特是黑格尔哲学派的学者，后面的这几位和我们这本书的内容都有关联。会上，德里达发表了题为"Structure, Sign and Play in the Discourse of Human Sciences"（本书中简称SSP）的讲演。"解构"这个词代表的理论正式面世。

  人们自然把解构和德里达等价齐观。而从更宽广的视角观察，解构的来龙去脉、前因后果，远不止于德里达，解构绝不是德里达一个人的思想。前因暂且不提，但观五十年来，解构在西方人文各学科、文学和文化生产中激发出的思辨能量，已然气势如虹。解构成为西方当代思辨理论的基石。后殖理论、后现代理论、全球化研究、文学研究、文化研究、女性主义、飞散文学和文化、族裔文学研究、法理学、建筑学、翻译学等，无不含有解构的逻辑，无不带有它的痕迹。一些相对传统的理论，如现代主义，受解构的影响而重新表述。艾斯登斯森的《现代主义的概念》就认为，现代主义的实质就是解构。

  解构对中国学术和思想界的价值潜力很大，但仍然在被低估的状态。由于中西文化的差异,译和介历来不易做好。国内学界,尤其在文学和文化研究的领域,对解构的价值、脉络等相关的理论问题,还有待厘清。在中西比较的视角下如何理解和运用解构,尚有争论。解构和中国文化之间的关系,需要深入探讨。

《解构广角观:当代西方文论精要》一书的主要目的就是:将解构深入中国语境。

二

"道可道,非常道":宇宙间的常恒之道,变幻无穷的生命之大道,不能用某一种话语说死。但历来有一些把话说死、说绝对的话语,被奉为真理,禁锢鲜活的生命和思想。解构说的就是这个理,隔了几千年的时空与老子遥相呼应。

解构的思辨是自由游戏式的思辨,针对某些被奉为"真理"的结构(以特定"在场"词为标志)。解构之"解"(de-),在于如何从固化话语的奴役和禁锢中"解脱",并非见物拆物的随意性"解体"。

解构有大关怀,可以以尼采对大生命观的肯定(见本书第六、七两章)解释,缩为一个英语单词就是:affirmation。

尼采的"肯定"和老子的不可道之道的暗合,在于他们都向着变化的生命力敞开思想。不过,尼采的"肯定",具体针对柏拉图起始的"逻各斯中心"思想,以及由此支撑的"真理"和"知识"传统。有人说:老子的"道"和"逻各斯"是东西方呼应的例证。这话恰好说反了,说错了(详见本书第八章)。

即便尼采和老子有某种相合,还是存在不容忽略的差异。老子代表的毕竟是中国的"自然本位"思想,而尼采主张的生命意志(强力意志)毕竟是西方的"人本位"思想。

三

"解构"已不再是新概念,对它的误解还是很多。究其原因,第一,德里达的术语拗口难解,并且,读他还要读其他许多作者,乃至整个的西方思想史。第二,美国有些解构学者(如原耶鲁大学的德曼教授)经营出一套与德里达的解构看似吻合却大相径庭的"解构",水被搅浑。第三,解构的术语和概念的译介,要透过中西的差异做仔细识辨,才能变成我们语境里的思想。第四,在普及中,解构变成一种时尚的符号。许多人认为解构就是"摧毁";deconstruction 和 destruction 只有三个字母之差,很容易望文生义。其实,解构反对柏拉图、黑格尔辩证法中的"否定"逻辑,不是简单的摧毁,而是游戏式的修辞改造,让我们在思考现有价值概念时,取其精华,摒弃陈腐。解构反对大家长的一言堂,希望一言堂变成开放的对话。

许多人也许不知道,弗洛伊德的心理分析是解构,尼采哲学是解构,海德格尔也是一种解构,德里达之前的许多作者都是天然的解构实践者,而且,德里达之前或之后知道或不知道这个词的许多人,出于生存的本能随时随地在解构。在现代思想史上,尼采不仅是解构的鲜明例证,而且是它的主要源头。以广角看解构,是把德里达和更广泛的历史联系起来。

全书分为上、下篇。

上篇含两章:第一章引入主题,用尽可能简洁的方式解释:什么是解构;解构的来龙去脉;德里达解构的主要内容和要素。第二章是前一章的扩充,先列举西方现当代文学作品中种种解构现象,简述和德里达解构相关或呼应的当代文论,进而指出耶鲁解构派(尤其是德曼)与德里达解构的关键性区别,并在此基础上提出当代解构理论乃至德里达还有哪些问题。

下篇含六章,论及互文性理论和解构的关联(第三章)、弗洛伊德如何解构在场主体(第四章)、卡夫卡和德里达对体系暴力的看法殊途同归(第五章)、尼采和解构的渊源(第六章和第七两章)。第

八章谈中西比较和解构,从比较学的方法说起,讨论为什么中西比较语境下将"道—逻各斯"等价齐观,是步入了误区。第八章讨论中西两种辩证法的不同。全书以"跋语"结束。

四

《解构广角观:当代西方文论精要》虽是解构的面面观,却无法面面俱到。我写这本书,一则为推进解构理论在中国的研究,二则集聚当代西方文论之精要,希望为有意了解当代西方理论并厘清其逻辑脉络的学者,提供一份可参考也可思辨的文本。

为写好这本书,我的准备工作做了很久,其中的积累,包括二十年来我在加州州立大学英语系讲授"西方文论"。这门课,从柏拉图说到当代的西方文论,要对许多重点文本仔细阅读分析。我把多年积累的心得纳入本书,希望能加强全书的文理思路,增添质地的厚度,使之更加可读。

我对解构的思考,若"短说",即第一章第一节的几段话。若做"长论",暂以这本书的范围为限。即便长论,也必不可免要作详略轻重的选择。书中对德里达的某些术语从略,对他的重点概念却多次重复,为的就是把握解构的首要意义,克服对解构的那些误解。

童　明

2016 年 8 月于洛杉矶

上 篇

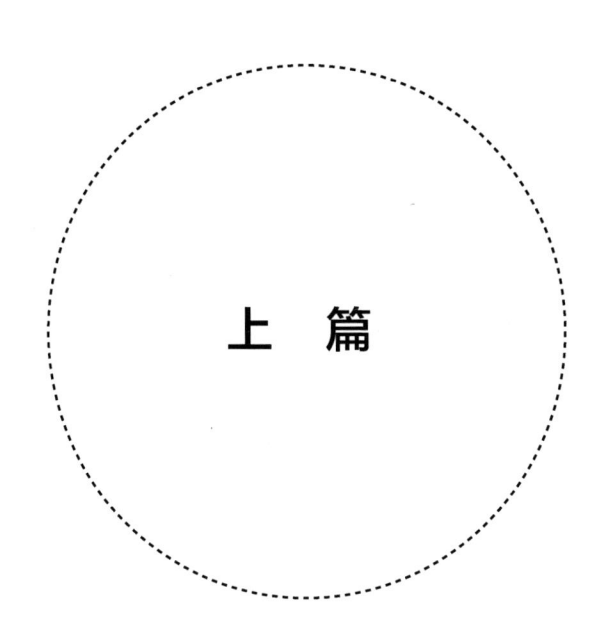

第 一 章

解构:来龙与去脉

一 概要

解构激励了各式各样的解读自由化（the liberalization of interpretations）。但是，并非解读自由化就是真正意义的解构。

自由化解读的现象情形各异，良莠不齐。一种通俗版的"解构"认为：任何文本都可以被看作没有确定的语义，可以不顾其语境去随意解读。这种解读自由化丧失的正是解构的严肃性，虽然时尚一时，终归是商业营销。正是在充满各种奇葩和矛盾的全球化时代，西方的解构话语缓缓渗入东方，为东西方思想理论的比较提出新课题。

借"解构"之名的现象纷杂，真真假假，欲观之脉络种种而又不失细察，焦点应在解构的首要意义上。

解构之首要意义，在于它针对西方经典思想（classical thought，即柏拉图传统）形成的"真理"和"知识"传统所做思辨的特殊方式。解构揭示西方经典思想指导下的各种结构如何依赖"逻各斯中心"（logocentricism）以使其"真理"绝对和稳定；主张为走出其禁锢而"自由游戏"（freeplay），亦即释放"能指"（signifier）的活力而自由解读，使得这种逻各斯中心的封闭结构转化为语义开放的表意过程（open-ended signifying process）。

说得更直白些：解构是自由游戏式（而不是否定）的思辨活动，解构所解构的，是逻各斯中心主义构成的某些"真理"。逻各斯中心主义形成的是绝对真理、专制思想、等级秩序、暴力体系。

解构广角观

NEW COMPARATIVISM

德里达以及解构的先驱认为：西方各种"真理"体系的编码方式隐藏在经典哲学形成结构的那一套逻辑，亦即柏拉图传统的本体论（ontology）。西方历史是一系列相互替换并关联的中心词构成的各种"真理"或"知识"，这些"真理"万变不离其宗，都有一个以二元对立的辩证法为逻辑的中心。用术语说，有个遵循逻各斯中心逻辑的中心（a logocentric center）。这样的中心代表着"完全在场"（full presence）、"超验所指"（transcendental signified）、神谕的言语（divine word），以其不容挑战的"真理"实施排斥、否定和压迫。在历史和现实生活中，这种结构或体系维持的是绝对真理、专制思想和"暴力的等级秩序"（a violent hierarchy）。解构指出：这种结构的中心是为某种利益和欲望而设，无非是一种［语法］功能，因而，"中心并非中心"。中心的"真理"或"超验所指"并非不可改变，并非不可游戏。

解构和当代的符号学、喻说理论、互文本理论、心理分析等联系在一起，形成一个共识：没有任何一个词具有所谓纯粹单一的语义；语义在表意过程中不断变化或变异；柏拉图本体论强调绝对和纯粹的真理，已经变成神学，所以，批评柏拉图本体论的人又把它称作"本体神学"（onto-theology）。

德里达的解构，是继尼采等人对经典思想的思辨之后的又一次衍变。要说明的是：这种思辨（critique）不等于否定（negation），因为它始终反对以"否定"为特征的辩证法。柏拉图是"否定"式二元对立辩证法的鼻祖，并以此将文学和哲学割裂形成西方的经典思想。柏拉图（其实始于苏格拉底）所否定的不仅是文学，而且是文学本身蕴含的本能、情绪、想象、修辞等，这些和逻辑理性本来不可分隔。尼采的特殊价值，是他看到柏拉图辩证法将文学和哲学、理性和情感、知识和解读等分成对立的二元的问题，主张将文学和哲学结合，重新将美学（含修辞）思维和逻辑思维合为一体，以此重新评估现有的一切价值。这就是西方思想史上的"尼采式转折"（the Nietzschean turn）。海德格尔、弗洛伊德、德里达等，都是这个历史转折的后续。

尼采的哲学和他的文体同样重要。他不再是传统意义上的哲学家，他的思维和文体兼容美学思维、修辞思维、逻辑思维和灵肉一体的思维，以新的方式界定思想和哲学。经典哲学（柏拉图传统）由于陷入自身结构的局限，轻视修辞思维，而修辞思维正是尼采的长项。诺里斯一语中的："尼采是文体家，是'文学性'作者，恰恰在于他承认了思维和修辞之间最终是共谋关系，在于他坦承自己对哲学的批判是以修辞建构的这一事实。"（Norris，1982：104）①

德里达和尼采一样，做的是西方哲学传统内的思辨。尼采并没有摒弃理性和逻辑，而是以修辞等思维方式补充理性逻辑。德里达在"Structure, Sign and Play in the Discourse of Human Sciences"（本书中简称SSP）的结尾承认，解构继承了尼采肯定大生命观（酒神生命观）的美学智慧（本书尼采篇里进一步展开这一点）。但是，审视德里达的哲学实践，他很少直接论述美学智慧。这是他与尼采的不同之处，可以说是德里达之短。德里达未能像尼采那样，更善于将修辞思维和理性思维融为一体。

德里达的文体被公认艰涩难懂。他大量使用术语，行文的路径颇有海德格尔的风格，以类似词源学或语文学（philology）的游戏方式替代通常的直线叙述，将词语的多重语义吸纳进来，不肯归结在一个语义上。对这种特殊的风格，有些人认为是不必要的复杂，另一些人则视为时尚而模仿。随着德里达影响的扩大，他的这种标志性风格被误认为是唯一的"解构"风格。做广角观，解构并非就是德里达，也不等于德里达的文体，所以，理解解构，有必要以德里达为重要索引，又不必将他的个人风格和解构等同。

为了把握解构的核心，我们可先用一句话来概括：

解构，是一种富有创意的解读和写作方式，它针对压迫性的、逻各斯中心的结构，视其中心为非中心，由此展开能指的自由游戏，揭示逻各斯秩序的自相矛盾，以此将封闭的结构转化为开放性的话语。

英语可以这样表达：

---

① 本书引用的外文资料，均为作者所译。

解构广角观
NEW COMPARATIVISM

Deconstruction is a creative way of reading/writing which, by questioning the center of a repressive logocentric structure and by recognizing this center as a non-center, initiates a freeplay with signifiers to reveal the contradictions of logocentric operations and to consequently transform the closed structure into an open-ended discourse.

这样一段话包含了解构的几个术语和概念，下文将逐一阐述。有两点需要立即说明。

其一，说解构是一种解读和写作方式，是指它囊括了各种自由游戏的策略，而并非某一种方法。解构是读和写一体的活动。解构者必须是阅读的作者、写作的读者。解构者的解读目的常常针对的是某个文本代表的逻各斯中心结构，在质疑其排他性（the exclusive logic）的同时，也将"他者"的愿望书写在新的文本上。这样的解读和重写，就是德里达所说的解构姿态（the deconstructive gesture）。

其二，解构认为二元对立的辩证法是问题所在，不再延用辩证逻辑中的否定法；因此，解构并非摧毁，而是巧用体系本身的词法、句法而"戏读"之，将所谓超稳定和高度统一的结构转化为开放的话语。换言之，通过认真的游戏，把一言堂的结构（体系）转化为民主、开放式的话语。我们中国人理解解构这样的西学，过程类似于翻译：先要在西方文化的语境（包括德里达的语境）中体味，最终方能找到解构和中国文化在意向上异和同的关联。

归根结底，我们在解构中所发现的，并非陌生的智慧。在中西共存于资本主义全球化的现代世界里，"光明进步"那种高度统一的宏大叙述时常沦为一种讹诈，而解构具有的内省力使我们得以拒绝这种讹诈。我们自己的现代体系里，一半是未被消化的西方现代价值，一半是未经整理的中国传统价值；这样两种表达不尽相同的体系混杂在一起，是因为中国传统中的"真理"体系和西方的"真理"体系相似，亦即用"超验所指"（绝对真理）来统一和稳定结构，无非以"在场"之名，行压迫之实。

中国文化的另一面是：自古至今都有反抗"真理"体系的天然解构家，深谙其中之艺术。解构在实践中必然是艺术。

二　源头及价值

（一）解构的价值

早在"解构"这个词出现之前，就有许多人做过解构式的思辨。哈比布说："有一种倾向是高估德里达的独创性（虽然他自己很清楚他承继于其他的思想家）……许多概念，诸如'现实'是建构的、'真理'产生于解释、人的主体在本质上并非是固定的、我们的思想和实践并没有什么最终的超验基础，等等，都可追溯到公元前五世纪的雅典。"（Habib，2008：111-112）

德里达在 SSP 中告白，尼采、弗洛伊德、海德格尔是解构的三位近代先驱。更具体地说，德里达的解构是他借"尼采式转折"的动力所做的阐述。解构也好，后现代也好，都不是 20 世纪末某人的顿悟，而是建立在前人智慧之上的历史渐悟。此外，我们还可列举陀思妥耶夫斯基、卡夫卡等，他们都是德里达之前天然的解构思想家。

与诗意盎然的尼采相比，德里达的文体显得晦涩。尽管如此，他艰涩的语言还是为前人和后者的解构实践之价值提供了一个重要的表述。随着德里达影响的扩大，解构的智慧得以渗透到当代所有人文学科，诸如法理学、伦理学、社会学、心理分析、语言学、翻译学、历史学、文学文化研究，乃至建筑、音乐等。还有后殖民话语、女性主义、抵抗资本主义现代价值的各种理论和实践，都广泛地借鉴了解构的智慧。解构成为这些当代理论的元理论（meta-theory）。

随着德里达影响的扩大，还有一些以解构为名义的活动，表现为轻浮的文字游戏、不分青红皂白的摧毁、借修辞否定逻辑、语境和语义的所谓自由解读。如此等等，并不是真正的解构实践。在商品影响了价值观的现代社会，"玩到死也不负责"其实是异化现象，处处可见。

那么，解构的价值究竟是什么？解构的先驱和后继者究竟有什么真知灼见？

解构的基本认知是：对人类的健康和生存的奴役与践踏，往往来

解构广角观

自某些威风凛凛的"真理"和"知识"体系。"真理""知识"和"体系",这些字眼何等冠冕堂皇。而历史上,坚持绝对真理及其体系者,或始于利益而伪装于正义,或起自精算却归于谬误,或发生于善而不幸转世为恶。更有甚者,某些"真理"体系在奴役他人时,对奴役的对象进行愚民,一面施暴,一面大谈光明进步。解构者出自生存的本能而厌恶大一统的体系,拒绝"真理"的讹诈,以勇气、智慧和艺术质疑"真理"体系的所谓牢固的逻辑基础。解构者如童话中的孩子,敢于说穿新衣的皇帝其实一丝不挂。

尼采对柏拉图传统的质疑,在于他认为:人类文明的目标并不是"真理",而是对生命的肯定(affirmation of life)。生命,首先意味着一种酒神生命观,或言大生命观,也就是那超出个体生命甚至人类局限而贯彻宇宙之间那一股生而灭、灭又生、源源不绝、千变万化、无穷无尽的生机,在此基础上肯定生命的各种任务(tasks of living)。肯定大生命观,也意味着肯定变化即常态,肯定生命意志的原创,肯定多元思维、变换视角的思维(pluralism and perspectivism),肯定生命的本质是艺术。这是广义的美学智慧,与艺术和创造同义。人类以各种艺术和创造来完成生命中的各种任务。

尼采的哲学有时被简化为一个词:肯定(affirmation)。肯定,即为古希腊悲剧精神之"力"。will to power 被译为"权力意志"引起太多误解,它的本意是生命意志,生命意志将生命力发挥到充盈。译为"强力意志"比较妥当。强力意志就是"生命意志"(will to life)。

(二)哪一种"真理"?

骤然听到解构针对的是"真理"体系,不免有人会惊愕:怎么会反对真理?

不妨先问:解构针对什么意义上的"真理"?英语 truth 就有"真相""真实""真理"等不同含义,需要仔细分辨。

其一,truth,指人类社会中发生的事情,所谓"真相"。比如某某做了好事,某某贪污公款,某某剽窃,都可以核实。真相的原因有时简单,有时复杂,有时美好,有时丑恶。好莱坞电影"A Few Good

Men"中一个腐败的军官在法庭上挑战控方律师说:"You can't handle the truth."这里的 truth,其实是丑恶的真相。

其二,truth,生物的生老病死,生命的循环往复;温带的四季,南极无昼夜的"夏天",太阳的东升西落,等等,都是我们可以观察到的自然界的"真实"。不过,人类的认知即使不断改善也还是有限。人类常常把自然拟人化。当人类对自然的愿望拟人化而归为"知识"时,这样的 truth 已经不是单纯的"真实"。

其三,truth,我们从人类中心的认知出发形成的知识和价值,长期沿用,习惯而成自然,约束或统领我们的思想和行为,谓之"真理"。"真理"看似自然,其实是被我们"自然化"了的知识和价值。如人类把自然界拟人化(anthropomorphized)形成"知识"。又如,人类社会为限制一部分人的欲望并稳固另一部分人的利益,造出一些价值或知识,再用权力机制将之固定。"真理"是某些价值和知识的升级,强迫人必须服从。应该说,有些知识和价值在一定情况下有用或有益,不遵守任何规则的生存是不可思议的。但即便如此,也不应该把知识和价值视为天经地义、绝对不变。有些"真理"被证明是压迫性的,如曾经在有些地方实行的奴隶制、种族隔离制度、男尊女卑的父权体制、人类中心的知识论、为资本主义扩张所设定的殖民主义意识形态,等等。有些"真理"常常被用来掩盖"真相":明明杀人却说没有,或者说杀人是为了进步;不该做的工程偏要做,而且以"科学"或"进步"为由振振有词。有时,人们从自己的"真理"出发,无视自然而被自然惩罚。

(三) 本体论的两个假设

解构针对的主要是第三种意义上的"真理",亦即被认为无可置疑的知识和价值。柏拉图以降的哲学传统被称为"经典思想"(classical thought)。这是个以"知识"(episteme)和"真理"为标志的传统。在柏拉图为标志的经典思想里,"知识"和"真理"是同义词。经典思想为证明"知识"和"真理"而形成的本体论,将超验的理想绝对化而走向神学,因此也被嘲讽为"本体神学论"(onto-

theology）。

本体论形成"真理"有两个基本假设。第一个假设：字（特别是某些关键字）等同于事物本身（The word is equal to the thing-in-itself），也等同于思想本身。那些指谓"真理"或"事物本身"的关键字，就成了具有超验语义的字。比如，在现代之前，God 被宗教赋予人类期盼的绝对权威和超验真理。在现代，science 也常被人认为是绝对正确、不可挑战。被冠以"科学"之名的观点，即便不对，也似乎对了。

柏拉图和他的老师苏格拉底最早把先于经验的概念世界视为最高世界，进而把这个超验的世界称为"真实世界"（the real world）。柏拉图把"真实世界"里的概念和所谓纯粹形式称为"原件"（original copies），统御"真实世界"的"上帝"是这些"原件"的缔造者，可见，由此奠定"真理"的柏拉图传统从一开始就是神学。

在柏拉图传统里，上帝的"原件"即为"真理"，知道这些"真理"被称为具有"知识"。"真理""理性""知识""哲学"这些词都具有特权的语义。柏拉图以这些具有特权语义的同义词来排斥和否定"模仿""解读""情感""文学"等另一些所谓具有贬义的词。

这样的体系事实上自说自话，自圆其说。在《理想国》第十章里，柏拉图以他的"真实世界"（超验的概念世界）中心，认为"桌子的概念"是"真理"，而任何具体的桌子只是劣等的"模仿"。柏拉图因此认定：诗人和工匠一样都是"模仿者"，都远离了"真理"，必须逐出理想国。这样，文学也被逐出柏拉图的乌托邦。

第二个假设和第一个假设相关联，即以二元对立（binary opposition）为基础的辩证法是抵达"真理"的途径。上面我们已经提到，所谓"二元对立"是一对相互对立的词构成的概念，其中一方为尊，另一方为卑（因而被否定）；被尊的一方称为"在场"（presence），被否定的一方称为"不在场"（absence）。"在场"和"不在场"都是直译，用汉语里的"尊、卑"二字来表达，则一清二楚。中国文化里的"男尊女卑"是明言的二元对立，"君君臣臣父父子子"是暗示"尊卑"的等级秩序，也是二元对立。二元对立都是柏拉图这样的圣贤们立法所建立。一旦某些尊卑关系固定下来,只需要引用代表"在场"的词,也就暗示了所要否定的"不在场"。

在二元对立的基础上,操作所谓三段逻辑(syllogism)甚为方便。例如,所有男人都是勇敢的(暗示所有女人都不勇敢),张三是男人,因此,张三是勇敢的。在这个三段逻辑里,"男尊女卑"的二元对立是前提。"张三是勇敢的"听起来也许顺理成章,但其前提有问题。

苏格拉底和柏拉图(通常用其中一人之名代表这师徒二人)以所谓"真实世界"为"真理"之领地,成为一系列二元对立的鼻祖:尊"理性"而贬"情绪",尊"知识"而贬"解读",尊"哲学"而贬"文学",尊"概念"而贬"物质",等等。二元对立的魔法,把本不该分割的分割了。交替或并列使用代表"在场"的同义词,字字是"真理",很有正义感却未必有正义;交替或并列使用"不在场"的同义词,句句是否定,居高而斥下,似乎言之凿凿。这样的体系里没有对话,没有互补,当代理论用 tautology(可译为同义词的重复),戳穿二元对立的技法。我们经常听到的官话和套话,便是以二元对立为基础的同义词重复。

从中国文化取一例:"天地君亲师",是几个"在场"同义词的并列重复。这里并驾齐驱的几个词都是尊贵的。与此相反,"小人"和"女子"也是并列的贬义词的 tautology;占据"在场"高度而斥之:"唯女子与小人难养也"。讲话者的尊贵已经在讲话的前提里了。前提由何处来?来自"圣人"所确立的二元对立。

认识到这两个假设有问题时,解构已经开始。

(四)Logos:逻各斯

自柏拉图以来,Logos 是哲学本体论两个假设的象征符号,也是"真理"体系的代号。

作为二元对立思想源头的柏拉图,将哲学和文学对立,也将实质和现象、知识和解读、理性和情绪、逻辑和修辞等对立。

在柏拉图那里,二元对立最基本的例子是:言说(speech)和书

写（writing）的对立。按照苏格拉底和柏拉图的说法：言说之字（the word of speech），出自理性的灵魂，离真理最近，而书写之字（the word of writing），被认为远离理性和真理。柏拉图认为"书写"（writing）将"真理"大打了折扣，斥之为"卑"，为"不在场"。这在我们中国人听起来很奇怪，因为华夏文化并不尊"言语"贬"书写"。但是，在柏拉图那里就是如此。柏拉图将"言说"视为"理性""知识""真实"（reality）的同义词；"言说"因此是"理性之言说"（the speech of reason），是以后为经典思想所尊崇的Logos，亦即"逻各斯中心"的逻辑。

古希腊语里的Logos本来包含了许多的语义。一方面有语言、演说、交谈、故事等意涵，另一方面又有理性、思考、因果等意思。柏拉图之前，希腊哲人赫拉克利特（Heraclitus）最早在《残篇》（*Fragments*）中用Logos，指人的话语和变化无穷无尽的宇宙之间的关系；赫拉克利特的Logos颇有老子常恒之道的意思。但是，这和柏拉图以后解释的Logos意思很不一样。希腊语里Logos通常兼有speech和reason的双重意思，而柏拉图对这个字做了符合他二元对立思想的解释。因为柏拉图的解释奠定了后来Logos在西方思想中的地位，所以柏拉图被称为"逻各斯之父"。更准确地说，是逻各斯中心逻辑之父。

柏拉图写过苏格拉底和菲德卢斯的对话录《菲德卢斯》（*Phaedrus*）。正是这个对话录将Logos解释为speech of reason（knowledge），明确表述了尊speech而贬writing的二元对立。苏格拉底说："［所谓言说之字］我指的是镶嵌在学习者灵魂里的智慧之字，它可以自卫，也知道什么时候该说话，什么时候该沉默。"菲德卢斯附和苏格拉底说："你的意思［言说之字］是有灵魂的知识之鲜活的字，而书写的字确切说不过是个影像。"（Plato, *Phaedrus*: 47）尊speech贬writing由此而立。

我们身处西方文明之外，难免忽略这里的潜台词。柏拉图（通过苏格拉底和菲德卢斯的对话）在说：Logos不是平常的"言语"，而是语言和真实（柏拉图的reality）、语言和理性合为一体的"言语"。柏拉图赋予 Logos 绝对权威、绝对起源、终极目标（absolute authority, arche, telos）等含义。将"逻各斯"放在体系的中心，那么，作为中心的"在场"词字不仅有固定的所指，不仅和语言之外的现实相对应，体系内的相应的词字也和固定的所指联系起来。这样，体系就有了。哈比布说，"Logos 的功能之一是保持整个[真理]体系的稳定和封闭"（Habib，2008：101）。Logos 因此也是体系的缩写。

柏拉图的"逻各斯"和基督教里的"神之言"或"上帝之言"（the divine word, the word of God）是一致的。

上帝的话不是一般意义上的话，而是创造了世界的话。按此逻辑，这个世界的一切（包括人类的一切）都是上帝的语言，按上帝的意思形成秩序。柏拉图和经典思想是哲学意义上的神学：作为至高无上的创造者，上帝的语言是真理，是真实，是这个宇宙，不容置疑。用哲学语言表述，神和这个宇宙的理性秩序是一体的，和人的存在也是一体的，这就是 Logos。换句话说：Logos means: the Word of God IS the world。这样的思想，并没有因为科学时代的来临而结束。相反，西方意义上的现代科学观始终没有离开过这样的宗教框架。作为启蒙现代性一部分的"自然神学"（Deism）认为：这个宇宙是类似于超级工程师的上帝而造的一部机器，自然界因此循着固定的规律运转，这就是基督教 Logos 的另一种延续（Habib，2008：101 - 102）。

库切（J. M. Coetzee）为解构殖民意识形态写了一本小说《福》。其中，福（18 世纪英国小说家"笛福"的戏称）和苏珊·巴顿（一位英国女性）分享了一个秘密："上帝不断地书写着这个世界，书写这个世界及其包括在内的所有一切，难道不是吗？"（Coetzee，1987：143）福说，这个上帝是我们欧洲人的作者，而星期五他们（被殖民者）"是被另一个相对黑暗的作者所书写的"（143）。一语泄露了天机："上帝之言"原来也是殖民主义秩序的 Logos。联想到亨廷顿将世界分为基督教文明和非基督教文明而提出的文明冲突论，不难看出亨廷顿的潜意识里也有这个秘密。

柏拉图在《菲德卢斯》里将 Logos 解释为 speech of reason，同时做了两件事：第一，强调了言语之字就是思想，就是事物本身，就是真实；第二，Logos, the speech of reason, 是二元对立的最基本的例子。这样，Logos 一个字就包含了本体论的两个基本假设。认识到这一点非常重要，因为解构的对象就是逻各斯，解构所解构的是逻各斯试图稳定的体系。偏离了这个对象的解构并不是解构。

三　德里达之前的解构两例

德里达之前，已经有人对标志着本体论两个假设的"逻各斯"做过解构。仅举尼采和海德格尔为例。

尼采是解构的先驱，他一直对西方的"真理"传统刨根问底，以此重新思考西方乃至人类思想史的走向。在《超越道德意义上的真理和谎言》里，尼采剖析了本体论的第一个假设。他开宗明义，坦言以人类为中心的知识论十分有限，问这个"知识"传统有什么好骄傲的。尼采进而聚焦在"字等于事物本身"这个经典思想的神话上。他认为，我们用的每个词从起源上就是喻说（metaphor），语言使用时更是喻说不断地变化。既然词字是比喻，比喻就不等于事物本身，这就从根本上质疑了"真理"传统。

最初，某些经验刺激人的神经，人发出某种声音，这是"第一个喻说"；以后，声音加上文字形体成为某词某字，即为"第二个喻说"。使用语言过程中，人又造出第三个、第四个喻说，等等。人类根据自己的愿望用喻说来描绘自然现象，形成"知识"。还根据某些人群的欲望和利益，造出价值概念来规范社会关系；人类社会像使用货币那样使用这些知识和价值概念，用久了用旧了的货币，成为惯例、传统，就成了"真理"。尼采说："编造出对事物有普遍价值和有约束力的规定"即为"真理"（Nietzsche, "On Truth and Lies", 1986：453）。"真理"是根据利益和欲望的需要虚构的；在超越道德的意义上说，"真理"（truths）的起源是谎言（lies），亦即虚构。人们效忠某个"真理"时，通常没有意识到这是向某种"谎言"效忠。

尼采说："何为真理？真理是一支由隐喻、暗喻和拟人类化的喻说组成的机动部队。"（455）

尼采对本体论第二个假设的批评，见于他的许多作品。他时常回到"真理"传统产生的源头苏格拉底和柏拉图那里去诘问。尼采立场鲜明地认为：以酒神祭奠为基石、以悲剧精神为标志的古希腊是一种以广义艺术观肯定大生命的文明，活力充沛；而以辩证法为标志的苏格拉底和柏拉图"哲学"传统（后来和基督教道德传统联姻成为西方主流传统），悖逆了这种精神。尼采说："我意识到，苏格拉底和柏拉图是衰败的表征，是希腊解体的媒介，是伪希腊人，反希腊的人。"（Nietzsche, *Twilight of the Idols*, 1968：29）"衰败"（decay）指古希腊精神被丧失和遗忘；这种丧失和遗忘是现代文明种种问题的源头之一。苏格拉底和柏拉图的哲学出现，意味着古希腊的高尚风范被他们的辩证法侵蚀破坏。尼采说，苏格拉底之前的希腊文化是不屑于把"理性"挂在嘴上的，认为这样是庸俗（见 *Twilight* 第5节）。辩证法听起来有道理，但是"辩证者阉割了对手智商的生命力"（"The dialectician devitalizes his opponent' sintellect."）（*Twilight*：32）。

悲剧之死，为苏格拉底倾向所致。苏格拉底用辩证推理回避生存的悲观主义而获取乐观。这种"快乐"（cheerfulness）不是由酒神生命涌出的"快乐"，因而是没有生命底蕴的"快乐"。苏格拉底惧怕酒神精神，经不起悲观，他用逻辑制造的特殊"乐观"谋杀了悲剧。尼采说："乐观的辩证法以逻辑三段法施虐，将音乐从悲剧中驱除。"（Nietzsche, *The Birth of Tragedy*, 1967：92）辩证的二分法脱离了美学思维的知识观、真理观、主体观、世界观。即便是在现代的东方，人们也常认为，实质和现象、唯物和唯心（心与物）、主观和客观、主体和客体等二元对立是"自然而然"。也"自然而然"认为"知识"要比"解释"可信，似乎冠以理性、科学、真理之名就可以让人放心。

尼采说：苏格拉底和柏拉图的危害，在于他们造出"永恒的'日光'——理性的日光"（*Twilight*：33）。这"日光"有何错？答：

它专横,专横到不承认有影子的存在。尼采这样反讽:"你不得不付出一切代价来保持谨慎、清楚、光明:任何向本能和无意识的让步都成了堕落……"(*Twilight*:33)不妨思考:是不是有不承认"影子"的"日光"?"日光"所到之处,是不是令人压抑的寂静?"理性"是不是可以成为暴虐和专制的形式?苏格拉底和柏拉图的幽灵是不是还在全世界徘徊?

《悲剧的诞生》中令人啧啧称奇之处,是尼采在指出苏格拉底倾向的问题之后,并不否定理性的用途,因此也不抹去"苏格拉底"作为理性的象征,只是对这个符号做修辞改造,将代表"理性唯一"的苏格拉底,改为"实践音乐的苏格拉底"(music-practicing Socrates),并且以这个新符号代表他所期待的历史性转折。"实践音乐的苏格拉底"意味着美学思维和逻辑思维应该再次统一,不失为解构最好的实例。

尼采主张美学和理性合二而一,与海德格尔主张诗意的寓居有些相似。不过和尼采相比,海德格尔的文体少了一点文学味。

柏拉图传统通过辩证法来获取"真理"之途径(本体论的第二个假设),海德格尔视之为迷途。为什么是迷途?因为这条路恰恰背离了 aletheia(希腊语:真理)。从词源上看,希腊语 aletheia 在苏格拉底之前的语义是 unconcealment,"隐藏的被揭示"。海德格尔一直说:每个具体的"存在"(Dasein, being)都是"大存在"(Sein, Being)的显现,这才是 aletheia 的真意。换言之,"大存在"是不断变化的宇宙之道,不可道之道,显现在每一个具体的事物之中,这和中国的老子和禅宗有异曲同工之妙。在《哲学的目的和思维的任务》("The End of Philosophy and the Task of Thinking")一篇中,海德格尔建议:德语 Lichtung 最接近 aletheia 在希腊词源的语义。Lichtung 包括前缀 licht 和后缀 -tung。Licht 包含开阔自由和光亮的意思,后缀来自德语古字 Waldung(森林)和 Feldung(原野)。Lichtung 的意思是:除去浓密的枝叶,森林里出现一片开阔地,光线才可以进来,这就是 aletheia。有趣的是,海德格尔这样重新认识"真理"也很像中国禅宗里的"开悟",先有"开"才有"悟";"开悟"也好,Lichtung 也好，都反对二元对立是获取"真理"途径的看法。佛教主张不二法门，也是反对二元对立的。所以，Lichtung 和"开悟"也有奇妙的吻合。对 Lichtung 和 aletheia 并列解读，海德格尔也在试图纠正苏格拉底和柏拉图的"真理"传统。海德格尔说："一切或明或暗地追寻'事物本身'的哲学思考［偏偏］对开悟（opening）一无所知。"（Heidegger, 1969：66）海德格尔这样"游戏"：柏拉图的传统，那是 the *lethe* of *aletheia*（对真理的遗忘）。

海德格尔显然在认真"玩"哲学：他把细心选定的喻说渗透在类似于语文学的方法里，从一个关键词的源头和演变来思辨柏拉图"真理"传统。细读德里达，不难看出他在方法上也得益于海德格尔。*Lichtung* 是在德里达之前解构的另一个例子。

四　德里达解构的要点

（一）命名

"解构"（deconstruction）的意思并非是"摧毁"（destruction），虽然这两个英语词看似相近。德里达说，他曾经为用不用 deconstruction 这个字颇费思索，因为这个词可能被误解为"用以摧毁体系的一套技术手段"。他说："所谓解构姿态［……］指谓的或可以指谓的（总之是我希望指谓的）是：肯定［注：affirmation］。它［解构］不是否定的，不是破坏的。"（Derrida, 1985：85）前面提过，affirmation 是尼采哲学的概括，肯定的是循复往返的生命力，针对的是柏拉图制造的关于"真理"和"知识"的迷思。

德里达也考虑过用"de-sedimentation"这个字（可译为"回到积淀用以解惑"），意思是：某种概念或"真理"历史上逐渐"积淀"而形成语义，因此对"真理"的分析思辨可从其源头开始。斯蒂芬·哈恩解释说："德里达并非要抵制所有的语义'积淀'，而是有策略有选择地针对某些积淀来分析。……德里达旨在指出话语、语言和概念的历史性。"（Hahn, 2002：11）

德里达最终用了 deconstruction。从海德格尔那里借用的这个德语

词 dekonstuktion，指对书写语言如何构成文本的分析。

（二）SSP：解构宣言

1962年，法国哲学家德勒兹（Gilles Deleuze）发表了《尼采和哲学》一书，阐释尼采对于西方思想史的特殊意义，为"新尼采"——法国和欧洲反思结构主义的新思潮——铺垫了道路。这个思潮后来汇入"后结构主义"。

20世纪60年代的西方新思潮，与西方各国的社会抗议运动有所关联。1968年，对保守思潮的抵抗在法国和德国酿成大规模的学生运动。在美国，60年代是反越战和民权运动的年代。正是在这样的背景下，解构应运而生，悄然而至。

1966年那一年，美国在越南的兵力增加到40万。当年秋天，约翰·霍普金斯大学召开人文科学理论的国际会议，法国新思潮的代表人物如拉康、克里斯托瓦、巴特、德里达等参加了会议，德里达做了《人文科学的结构、符号和游戏》（英文缩写SSP）的发言，这就是解构的宣言。与当时的越战和民权运动相比，一群学者的话语没有那样轰轰烈烈。但以后见之明，SSP宣告的解构意义却更加深远，并非纸上谈兵。

SSP开宗明义："在结构这个概念的历史上"（in the history of the concept of structure）已经出现了一个"事件"（event）。所谓"结构这个概念的历史"，指西方经典思想的历史，亦即柏拉图以降的思想史。所谓"事件"，指思想史上偶尔才会出现的重大理论表述。

SSP说得明白：解构的首要意义，针对的是经典思想形成"真理"的本体论传统，或称为"知识论"传统；德里达在不算长的篇幅里，针对经典思想形成的换"名"不换药的各种体系的问题所在，做了概括性表述。

SSP的表述中，不乏尼采、海德格尔、弗洛伊德等解构先驱的思路的痕迹。德里达在第二段一开始就说，他要分析的"structure"（结构）和"episteme"（知识，指柏拉图界定的知识传统）这个词一样古老，也和西方科学和哲学一样古老。由episteme派生的词根深蒂固,渗透在日常语言里;如果说主根茎是 episteme,其他的根茎就是其喻说的变化。比照尼采在《超越道德意义上的真理和谎言》的开头将经典思想传统称为"知识论"的传统,德里达的这段文字何其相似。而在 SSP 的结尾,德里达又将他所提的解构和尼采的"affirmation"(肯定)传统联系起来。这首尾的呼应,意在宣示:解构是尼采式转折的又一个发展。不过,德里达用了一套和尼采非常不同的语汇。其中,structure, sign, play 或 freeplay(结构、符号、自由游戏)是相互联系的三个关键词,是德里达解构宣言的基本要素。

(三) 结构及其中心 (Structure and its center)

德里达所要解构的 structure,特指以二元对立为标志的中心构成的结构(又称以逻各斯中心逻辑为中心的结构),并非泛指任何结构。用"结构"这个词,又暗示着解构旨在思辨并超越欧洲盛行多年的结构主义。结构主义认为:以二元对立形式的中心构成的结构代表稳定的知识概念。用我们通常说的"体系"(system)一词,也许比较容易理解"结构";哲学、科学、意识形态、伦理、法学、文化、宗教等领域,因信奉绝对的真理而成体系(结构)。要补充的是:"体系"或"结构"的存在,往往在只言片语之间就可辨认。比如,"男尊女卑","唯女子与小人难养也",等等。

尼采的独特,在于他不事体系,不把哲学思辨看作建立或经营"体系"或"结构"。德里达揭开"结构"之谜,正是呼应不事体系的尼采。

西方哲学传统里,结构因其中心而立。这种中心(中心原则)遵循的是逻各斯中心的逻辑。如前所述,逻各斯是本体论两个假设的符号。在西方语境里,以逻各斯中心构建其中心的各种结构,都可溯源于柏拉图传统本体论。

占据结构中心的二元对立,其中一方享有尊贵的"在场"地位,亦即具有"超验所指"(transcendental signified)。代表"在场"的关键词具有绝对的、超验的、不容置疑的语义,亦即绝对的"真理"。例如,父权结构是一个有许多规则并且等级分明的象征秩序,其中心

则是那个象征意义（而非生理意义）上的"父"。拉康准确地称之为："父之名"（the name of father）。这个"父"是"完全的在场"（full presence），也是"超验所指"。我们说的"大家长秩序"，也是这个意思。

二元对立为特点的辩证法究竟有什么问题？在《立场种种》（Positions）一书里，德里达一语中的："在经典哲学的［二元］对立中，我们遇到的不是［两者］彼此和平共处的关系，而是一个暴力的等级秩序。"（In a classical philosophical opposition we are not dealing with the peaceful coexistence of a vis-à-vis, but rather with a violent hierarchy.）（Derrida, Positions, 1981: 41）二元对立是实施暴力的等级秩序，这样的例子举不胜举。请大家读读本书第四章。

"父之名""上帝之名"，名称虽不同，都是"在场"。在现代世界，某些以"科学"或"理性"为中心的话语，也是一"在场"代表绝对真理。

"中心"的目的，要使结构内的语义稳定，使整个结构稳定。"中心"只允许不碰触中心的游戏，不允许指出它自相矛盾的其他游戏。"中心"禁止任何人设法使"中心"发生变化，那样会造成不稳定。中心旨在维稳。支持或帮助中心维稳的游戏，不是解构。

当逻各斯的结构成为"暴力的等级秩序"而实施压迫时，人们自然要抵抗。抵抗有各种方法。捣毁当然是一种。但看似被捣毁的体系，往往在新体系里借尸还魂，恢复二元对立的逻辑。解构虽不捣毁，却是革命性的改革，主张在结构（体系）之内通过"自由游戏"的艺术，使结构发生深刻的变化，使一言堂变成开放的话语（discourse）。解构用游戏式的思辨走向民主，但必须在思辨自由的条件下才有可能。

（四）中心并非中心（The center is not the center）

认识到"中心并非中心"之后，解构的自由游戏才能开始。

为什么说中心并非中心？因为中心是为稳定结构所设的功能（function），并非天经地义的"真理"。这也就是说，中心的"超验所指"（超验的意义）是一个幻觉幻象。德里达说，中心看似和谐的逻辑是"自相矛盾的和谐"（contradictorily coherent）（SSP：915）。发现逻各斯中心的自相矛盾，说明中心的设定是人为，而非天意；其实它最初来自某种"欲望之力"（the force of a desire）（SSP：915）。

德里达指出：经典思想说中心是结构之内的中心，又说中心是结构之外的超验真理，这样的自相矛盾正好说明中心并非中心。

德里达的先驱们用了许多鲜活的说法来揭示"中心"的自相矛盾。尼采曾用"影子"的拟人比喻，将独尊"光明"的理性传统釜底抽薪（Nietzsche, *Human, All Too Human*, 1986：301-395）。陀思妥耶夫斯基曾借地下人种种生动的比喻，揭露车尔尼雪夫斯基等人所崇尚的"理性"及其远离人性的乌托邦社会。① 弗洛伊德的话语，则是把"自我"的宇宙比作"哥白尼的宇宙"，以此解构笛卡尔式的"我思"主体论。卡夫卡，则以被奴役之子的痛苦，讽喻由"父之名"支撑的专制体系之种种不自由。

诚然，德里达选择了更接近哲学家的抽象语言来概括解构，由此形成了他的阅读和书写的个人风格，却也不失为对前人话语的发挥。德里达的解构，直指逻各斯中心是一个排他的逻辑（a logic of exclusion）。而误解或误用德里达话语的人们，常常忽略了他关于中心的这些话，忘记了这是解构之所以为解构的前提。

德里达问：什么是"结构的结构性"（the structurality of structure）？他又答：纵观西方历史（"结构这个概念的历史"），有一系列结构都是由逻各斯构成的。"结构的结构性"一语，概括了西方哲学和科学的历史，也概括了其中的问题所在。德里达说："中心不断地、以特定的方式获得不同的形式和名称。形而上学的历史，正如西方的历史，是这些暗喻和换喻的历史。"德里达提供了一张清单，列举代表"中心"的种种暗喻和换喻："*eidos, arche, telos, energeia, ousia* (essence, existence, substance, subject), *alethesia*, transcen-

---

① 关于陀思妥耶夫斯基对现代乌托邦的解构，参见童明《自然机器•人性•乌托邦：再论陀思妥耶夫斯基和车尔尼雪夫斯基之争》（《外国文学》2009 年第 1 期）。

dentality, consciousness, or conscience, God, man, and so forth" (SSP: 916)。其中，*eidos* 指柏拉图的"形式"或抽象概念，*arche* 指所谓纯粹的起源，*telos* 指所谓终极目标，等等。这张清单是西方思想史的高度浓缩。当我们认识到，上面的每一个"在场"字只不过是隐喻或换喻时，其所谓纯粹或绝对的语义已经被解构。

解构的分析和思辨为什么要不断进行呢？因为"二元对立的等级秩序总是会重新建立自己的"（the hierarchy of dual oppositions always reestablishes itself），因为"每一个言说总是将这种［二元］对立戏剧化"（every speech always dramatizes this opposition）（*Derrida*, *Positions*, 1981: 42）。

（五）符号的概念（The concept of sign）

SSP 题目中的第二个关键字是 sign（符号），这是"符号的概念"的方便说法。sign 是 signifying 或 signification（表意）的词根，因此，符号的概念是关于语言符号如何表意的理论。瑞典语言学家索绪尔（Ferdinand de Saussure）的语言理论，通常被看作符号的概念的重要索引。关于符号的研究后来覆盖面甚广，成为"符号学"（semiotics）。索绪尔的理论，只是符号学的一部分。

符号的概念和喻说的理论（如前面提到的尼采理论），都指出语言不可能是透明的媒体，也就不可能有透明的"真理"。这就颠覆了本体论的第一个假设（字等同于事物本身、等同于思想）。

按照索绪尔的描述：字，亦即符号，由"能指"（signifier）和"所指"（signified）两部分组成。能指是"声音＋形体"的字；所指是字所代表的"概念"或"语义"。解构从符号的概念中得到启示：表意过程中，能指和所指在不同语境中形成不同的关联，所指也就不是固定的，而是绵延不断，变化无穷。德里达造了一个词：differance（延异），兼有 differ 和 defer 的含义，是说表意不断绵延，能指和相应的所指关系不断变化，呈现出表意的各种差异。

能指在不同语境中的组合，呈现不同的所指。有时候，一个能指可有两个相反的所指。英语里，"prescription drug"是"处方药"，而"drug dealer"是"毒贩"。"drug"既是"毒药"又是"良药"。中国人说"是药三分毒",不把"药"和"毒"对立,正是这样的智慧。利用能指的相异甚至相反的所指,是解构针对逻各斯中心的自由游戏。

表意时能指不同排列产生不同语境。能指的排列,有循规蹈矩的排列,也有充满新意的排列。善于修辞思维者(如诗人),深谙后者之妙处。

对表意过程的探讨,产生了几种表述或理论。德里达自造的词:differance(延异),是一种。拉康又有说法:"任何一种表意必然指向另一种表意,否则无法延续"("no signification can be sustained other than by reference to another signification")(Lacan,1957:1131)。换言之,能指的所指是又一个能指,能指连能指,符号套符号,成为环,环环相扣,组成表意链(the signifying chain)。表意链像一条环环相扣的项链(Lacan,1957:1133)。

回顾一下尼采的说法:最初,人类在某些经验刺激神经时最初发出声音是"第一个喻说",声音加上文字形体成为词字,即"第二个喻说",人在使用语言时,造出第三个、第四个喻说等。尼采把表意过程描述为喻说链。

本书第三章论及"互文性"。文本和文本的关联又是一种表意过程中的链接法,理论和实践都更为复杂。

符号、喻说、文本的新理论都属于研究修辞思维的理论。解构看重修辞式的思维,以此释放能指的能量,撼动体系的所谓超验所指。当代跨学科的理论中,符号概念的运用和尼采、德里达、拉康等的索引混合起来,修正了索绪尔最初对"能指—所指"上下顺序的提议,而倾向于拉康的顺序(见"Agency of the Letter"),如下:

索绪尔的顺序	拉康的顺序
signified 所指	signifier 能指
signifier 能指	signified 所指

当代理论关于能指和所指关系的趋势,可用拉康的话诠释:"所

指不断地在能指之下滑动"（"an incessant sliding of the signified under the signifier"）(Lacan, 1957: 1134)。

应强调的是：在能指之下滑动的所指，依然有所指，即便是若即若离的所指。换言之，能指在特定的语境中一定是和某种所指联系在一起的，文学性语言的"模糊"并非没有语义。完全脱离语义的语言，失去语言的功能。

（六）解构的自由游戏（Deconstructive freeplay）

"自由游戏"是自由游戏式的表意。但是，并非任何自由游戏、自由解读都是解构。

SSP 中，德里达特别强调非解构的自由游戏和解构的自由游戏之间的区别。非解构的游戏仍然视中心为中心，匍匐在超验所指、完全在场、绝对权威的脚下。对于体系及其"真理"，非解构的游戏者，心负罪疚。德里达以卢梭为这种解读的象征。面对"中心"代表的结构，解构的自由游戏没有这种负疚感，因为解构在意的不是"真理"，而是 affirmation，对生命的肯定。

用德里达一句最简练的话也可概括解构：解构的自由游戏是"中断在场"（the disruption of presence）（SSP: 925）。"在场"如何中断？揭示逻各斯主义的矛盾，质疑其中心，自由游戏。

揭示"在场"的自相矛盾，往往是指出二元对立的尊卑并非天然，而是人设。德里达在 SSP 中举斯特劳斯为例。斯特劳斯为结构主义人类学学者，他将二元对立奉为圭臬。"文化和自然"的二元对立即为一例。但是，斯特劳斯遇见"乱伦的禁忌"（incest prohibition）时，意识到这禁忌既是"文化"又是"自然"，因而"大惑不解"（"scandal"）。"乱伦的禁忌"使得二元对立不能自圆其说。

针对逻各斯，解构常常让二元对立中双方的关系"逆转"（overturning），亦即将"在场"词从尊贵的地位上请下来，同时指出"不在场"并非卑贱。德里达说："解构[二元]对立，首先要在某一刻将等级秩序予以逆转。"（Derrida, *Positions*, 1981: 41）

如何"逆转"？善解构者，让那些使 A 比 B 尊贵的理由用于 B。

而那些使 B 附属于 A 的理由也可以用于 A。此外，可分析处于尊位的 A 是如何依赖于 B。还有，解构者常常思考体系中关键词的多种语义、文字符号的词源关系、语义的双关等，而且特别针对"在场"关键词的不同语义、自相矛盾、不确定性来颠覆其所谓纯粹、超验、绝对。所以，解构的自由游戏，有赖于修辞，也不能抛弃逻辑。

还有一种解构策略名为：supplement（增补）。在柏拉图和卢梭那里，书写被视为对逻各斯的"增补"，可有可无。但是，德里达认为，所"增补"者，并非无关紧要，也可戳穿二元对立之间的所谓"自然"关系并不自然（Derrida, *Positions*; Hahn, 2002：86）。

也有人试图用"颠倒"之策（reverse），亦即颠倒"在场"与"不在场"的尊卑循序。如将男性中心（androcentrism）的秩序颠倒，变为女性中心（gynocentrism）的秩序。这样的做法看似痛快，却再次陷入二元对立。二元对立又借新体还旧魂。德里达的一篇《马刺：尼采的文体》（*Spurs*：*Nietzsche's Style*），隐隐讽刺"颠倒"之策。他以海德格尔式的文体，戏说尼采"永恒的女性"（the eternal feminine）这一喻说，同时批评某些女性主义者在反对以男性风格为特征的西方哲学传统时，反而在文体上变得和男性哲学家没有两样。

哈比布以德里达的解读方法作为实践解构的一个范例。他说，德里达对文本的解读常是一个"多方面工作"（a multifaceted project）："总体说，〔这样的解读〕试图揭示文本中逻各斯中心的那些运作，方法则是细读文本的语言，注意它如何使用一些前提或者超验的所指，注意它怎样依赖二元对立，注意它的自相矛盾，它的那些'两难之处'（aporiai）或者概念上的窘境，注意它如何封闭〔结构〕，如何抵制自由游戏。"（Habib, 2008：106）

尽管德里达的解构思辨多在哲学范畴内，他的解构方法和一些文学家的创造方法却有许多相同与重叠。

解构式的游戏，游戏式的解构，使体系强行维持的稳定显出其矛盾和不稳定。有人认为，解构破坏了西方哲学传统，但解构并不摧毁西方思想而自起炉灶。解构是西方思想史里的解构。德里达说："无论是句法还是词法，我们都没有与这个〔西方经典思想〕历史不同的语言;我们提出的任何一个破坏性的表述,早已渗入我们所要反驳之物的形式、逻辑和暗示的概念之中了,仅此而已,岂有他哉。"(SSP: 917)鉴于解构不是哲学的否定,而是身处哲学之中做思辨求改变,解构是 double science,双重的科学。

第二章

解构：实践与问题

> 游戏需认真（Seriousness in play）。——尼采
> 尼采的思想是接得下去的思想。——木心

以德里达为代表的解构，在吸纳尼采、海德格尔、弗洛伊德等人思想的基础上生成。解构激发了人文各学科的思辨，引起解读的自由化。然而，主张解读自由化却淡忘解构的首要意义，解构已不成其为解构，至少是力度大减。还有一种观点借"解构"之名而行，主张任何文本都没有稳定的语义，尽可抛弃一切概念，随意阅读文学文本。这种观点抛却了解构的根本，虽风行一时，已步入荆棘丛生之地。本章虽不可能涉及当代解构的所有方面，仍试图通过某些点和面的交错思考，观察其中的关联和矛盾，进而了解当代解构在实践中的作用以及出现的问题。

一　文学作品中的解构

美国学界曾有一种倾向，将文学文本的结构与逻各斯中心的结构混为一谈，随意质疑任何语义，并以此为"解构"。先指出一点：文学作品的结构，乃是文学形式的一部分，多半是修辞结构（rhetoric-structures），并非德里达所要解构的逻各斯中心结构。仅此一点，足以说明何为伪解构。

将解构的首要意义寄怀在心，会识别一种文学现象：许多具有强

解构广角观
NEW COMPARATIVISM

盛生命力和思辨力的作者,已经在作品中展示了解构的姿态。诸如陀思妥耶夫斯基、卡夫卡、福楼拜、伍尔芙、福克纳这些作家,虽不用"解构"这个词,却都是解构的高手。他们文本的生命力,正是在解构某种逻各斯秩序或"暴力的等级秩序"的同时所展示的。

文学史上还有一种情形则相反:有些文学文本,非但没有解构的姿态,反而充当了某种"真理"体系的卫道士。以英国作家笛福的小说《鲁滨孙漂流记》为例。这本产生于18世纪英国开始殖民扩张时期的小说,不是单纯无邪的儿童故事,而是从经济、政治、文化全方位替殖民意识形态体系辩护的文本。这个体系的逻各斯中心,以孤岛上的鲁滨孙和星期五的主奴关系为基本符号,代表着殖民主义的"暴力的等级秩序"。

然而,有《鲁滨孙漂流记》这类作品,也就有解构其"真理"的作品;不仅有论文、散文,也有诗歌、小说和戏剧。文学中的解构现象复杂而多样。

对《鲁滨孙漂流记》的各种重写中,有不少针对其殖民体系作解构式游戏。例如,库切的《福》(*Foe*)这部元小说,重新思考《鲁滨孙漂流记》代表的殖民秩序,将一个既是殖民秩序的受害者又是其受益者的女性苏珊·巴顿引入荒岛的情节,又由她领着被割除舌头的星期五离开荒岛抵达英国而展开新的情节,最后在巴顿和作家"福"(笛福的小说化身)之间展开一场关于如何写荒岛故事的争辩。最为讽刺的是,巴顿虽具有女性主义意识,却最终被福的殖民主义思想说服。两人的激烈争辩,以两人之间的合谋告终。库切重新设计了笛福原作的情节和人物关系,直击原作中殖民权力秩序这个要害。

另一位后殖民作家沃尔科特(Derek Walcott)戏说《鲁滨孙漂流记》,写下以荒岛余生为主题的诗("The Castaway")和题为《哑剧》(*Pantomime*)的戏剧,也是后殖民文学中的解构范本。在《哑剧》里,沃尔科特让一家旅馆里的黑人服务员杰克逊扮演鲁滨孙的角色,而让他的白人老板扮演星期五,翻转笛福原作的主奴关系。如此开展的解构游戏,笑料不断,意味深长。

从女性主义视角观察,也会发现解构"父权秩序"的大量文学作品。在研究19世纪英美女性作家的基础上，吉尔伯特和古巴（Gilbert and Gubar）两位文学批评家指出：由于19世纪的社会秩序造成男女在政治、经济、地位、心理诸多方面的不平等，有文学创造欲望却又不能明写的女性，备受"能否成为作家的焦虑"（anxiety of authority）的煎熬。女性作家为了创造出自己的作品，极善于进入男性中心的话语里，利用父权体系歧视女性的那些喻说、故事和语言要素，明写男性中心文化接受的故事，暗书"另一种"的情节，以其人之道还治其人之身，创造出解构父权秩序的各种文学形式。吉尔伯特和古巴看到了另一部文学史，女性的文学史，并以此反驳并补充了布鲁姆以男性作家"受［前辈作家］影响的焦虑"为特征的文学史观（Gilbert and Gubar：1533 – 1534）。

吉尔伯特和古巴对19世纪女性文学现象的描述，在逻辑和策略上也适用于历史上被压迫群体的作家及其作品，适用于对后殖民文学、飞散文学（diasporic literature）、美国族裔文学（ethnic literature）之创造力的阐述。

莫里森（Toni Morrison）的论文集《在黑暗中游戏》（*Playing in the Dark*），是一部借用德里达理论解释文学创作中解构现象的力作。作为非裔女性作家，莫里森将美国文化中"白"和"黑"的等级秩序同美国文学中的"白"和"黑"联系，将社会史和文学史结合，同时讲述她自己如何从被动的读者转变为主动读者，进而成为作家，令人信服地说明了解构式阅读和文学创造之间的关系。莫里森与德里达的解构呼应之处甚多。比如，莫里森说："我不愿意改变一个等级秩序却去建立另一个等级秩序……［不愿意］用非裔中心统领的学术取代欧洲中心统领的学术。"（Morrison，1993：8）这就是说：如果简单地"颠倒"等级秩序的两方，则不能脱离二元对立的"否定"逻辑。莫里森和德里达一样，认为重复二元对立的做法不可取。

解构一旦被理解，这个理论就不仅适于对当代文学的观察，也可有助于我们理解19世纪以来的文学史。

试以极简方式描述几个现代文学的巨人：陀思妥耶夫斯基的《地下室手记》解构的是车尔尼雪夫斯基代表的乌托邦及其机械理性

的基础;卡夫卡解构某种以"父"为符号的暴力秩序;福楼拜解构的是布尔乔亚的话语;伍尔芙解构的是父权中心的秩序;福克纳解构的是美国南方以蓄奴为意识形态的文化体制。

艾斯登斯森在《现代主义的概念》一书中,分析了各种解释现代主义的理论,他感到新批评理论未能解释现代前锋文体的内涵所在,进而在阿多诺的"负面美学"和德里达的解构里找到了对现代主义更恰当的阐述。他说:"不妨将德里达看作是现代主义的理论家和实践家,将现代主义的整体看作德里达意义上的解构实践。"(Eysteinsson,1990:48)这样说很有道理,但也未必全对,因为现代主义也有许多面,其中包括倾向于保守甚至法西斯的现代主义作品。

综上所述,可以看到,凡见到文学文本就要解构,是一种相当普遍的盲目,也是对解构的误解。此外,将作者和读者、作品和批评对立起来理解文学批评的做法,也有违解构的前提。解构者是作者,也是读者,是读者和作者一体,是作者、读者、观察者、批评者一体。我们进入文学,看到的是文本和文本的相接形成的"延异"表意链,有些表意链指向对逻各斯体系的维护,另一些则是对这种体系的解构。

二 拉康、文本新理论和解构

和文学文化相关的当代解构理论,还包括新的文本理论(互文性理论)、拉康心理分析,等等。此外,通常也将耶鲁解构派(the Yale school of deconstruction)计算在内。耶鲁派即凭借解构的声势而登场的几位耶鲁大学教授。

解构理论借力于符号概念,也有赖于阅读和写作关系的相对化,形成解构的基本条件,这些也是互文性理论的要点。拉康的理论,承继并修正弗洛伊德,在心理分析上更看重语言的束缚和语言的可变,进而推进解构的理论和实践。德里达、拉康、文本理论、修辞思维、喻说理论等,和后殖民、女性主义、新历史主义、族裔文学、飞散文学的各种话语交织,成燎原之势。

（一）拉康

拉康的文体艰涩，理论使人感觉高深莫测。而拉康绝非言之无物之人。同弗洛伊德一样，拉康认为笛卡尔的"我思之我"是体系现代性的迷思。笛卡尔将"我思"和"我在"并列，意指有一个固有且不变的思想主体。拉康和弗洛伊德一样反对这样的看法。拉康认为，"我"的话语和思想首先是由"他人"所构成；在个体不自由的常态之下，"我"之所说多是"他人"的话，"我"之所思多是"他人"之思。

拉康所指的"他人"（Other）并非另一个个体，而是指构成无意识的整个文化语言体系。拉康将"他人"分为大小写的"他人"（Other, other），分别代表无意识里的象征秩序（symbolic order）和想象秩序（imaginary order）。"象征秩序"是"我"在成长过程中吸纳的文化体系的语言，类似弗洛伊德的"超我"（superego）。"想象秩序"是"我"未吸纳文化语言体系具有的那些原始本能。两者相互关联，相互冲突，是人的复杂存在之所在。

拉康继承弗洛伊德的无意识理论，但做了重新解释："心理分析的经验在无意识中所发现的是语言的整个结构。"（Lacan，1957：1130）当"我"处在被大写的"他人"（无意识中的文化体系及其语言结构）完全禁锢时，"我"的话其实是"他人"的话，"我"之所想也是"他人"的想法。只有当"我"学会和这种结构做自由游戏时，"我"才获得某种自由，才有思想，才有所谓"主体"（subject）可言。这就是拉康和德里达的共同点。有人把拉康称作"结构主义者"，也有人说他是"后结构主义者"，各执一词。准确地说，拉康对"结构"的分析是把解构和心理分析结合了起来。拉康对"结构"的关心，和德里达十分相似。两人都属于后结构主义理论，都着眼于解构。关于拉康理论，须另文阐述，此处从简。

（二）文本新理论

下一章是对文本新理论的综述，我们现在做一个简述，以便将解

解构广角观
NEW COMPARATIVISM

构的线索先链接起来。

text 译为"文本",无法完全传递外语里的原意。从词源看,text 源于(textus, tissue 之意)和 textere(weave 纺织)。纺织的艺术在古时是女性的专长。纺织是艺术产品,又是生产过程(product, production)。巴特说,"text is a tissue, a woven fabric"("文本是纤维,编织的纤维")(Barthes:879)。fabric 又和 fabrication 同源,指向文学的虚构也是编织。

和 text 相关的语义还有 textum(编织的网)。荷马《奥德赛》中,奥德赛夫人佩内洛普(Penelope)在丈夫远征自己留家时,为了摆脱求婚者的纠缠,白天织布,晚上拆掉。作为比喻,这说明文本的网为了不同目的可拆也可编织。本雅明在解读普鲁斯特的文本时提到了佩内洛普的神话,但是指出普鲁斯特的文本恰恰是晚上编织而白天拆掉(参见 Benjamin,尤其是第 202 页)。最早将语言比作 textum 者,有人追溯到罗马帝国时代的修辞家昆体利安(Quintilian, c. 35—100 C. E.)的著作。

当代的文本理论和符号概念相互关联。在当代的文学批评中,text 这个字已经取代 work,凸显文学所代表的修辞思维。说文学作品是 text 显然有比喻之意,是说它和 fabrics、tissues 一样是一种编织,丝丝相扣,层层相连,显现 intertext、subtext、context、hypertext 等各种喻说或符号的编织变化。文本新理论实际上是互文理论。

文本的编织特质是语义多样而复杂的物质基础。德里达阐述解构时提到 iterability(重复性),意思是:符号和文本都可以在新的语境里重复,而重复时原来的符号和文本就产生了新的语义。"重复即为改变"("Iterability alters")是德里达的一句名言(见 *Limited Inc.*)。产生新语义的"重复性"也是解构自由游戏的策略之一。

巴特在《从作品到文本》里说:文本理论的兴起是文学理论的一个突破。如同爱因斯坦的相对论,文本理论将作者、读者和观察者(或批评者)的关系相对化了(Barthes:878)。巴特的话,应做进一步解释。有两种阅读情形、两种读者。一种读者,阅读作品仅仅是为了阅读而已。这是视阅读为消费的读者。另一种读者,比较有创造性，有批评的眼光，是阅读—写作—观察（批评）兼于一身的读者。解构式的阅读只能是第二种，因为没有任何重写欲望的阅读不可能是解构。前面说过，莫里森曾叙述了自己如何从第一种读者变成第二种读者；Playing in the Dark，英语书名语义双关，既指莫里森对阅读和写作关系的探索，又指黑人作家在白人和黑人对立的文化中的解构游戏。

巴特说：如果把"作品"当"文本"来读（也就是做第二种读者的阅读），文本就是可以实践各种方法的领域（a methodological field）（878）；文本的语义是灵活的，既是这个意思又是那个意思（paradoxical；879）；文本是阅读时根据符号概念所做的"游戏"（playing）（879）；文本是"符号编织之网形成立体的多元体"（the stereographic plurality of its weave of signifiers）（879）。巴特的话语有独特之处，也有他的问题，下一章详述。

意涵"编织"的文本理论对于当代文本分析（textual analysis）的实践，意味着一个文本包含了许多其他文本的纤维，这就意味着"读者"可以一次次再利用重组这些文本的纤维。因此，文本分析也不再是以往（如新批评的做法）单纯的文字和形式的分析，而成为综合文字分析、文化分析、历史分析、心理分析以及各种其他分析的多面和多学科的分析（multifaceted and interdisciplinary analyses）。

三 "野路子"的耶鲁派

20世纪60年代末以来，美国文学研究界解释德里达解构的活动中，耶鲁派的影响甚广，称为耶鲁派。耶鲁派又被称作American deconstruction，即美式解构。

美式解构和德里达解构之间有若干重要区别。首先，美式解构没有像欧洲学界那样经历过结构主义这个阶段，而德里达的解构基于欧洲学界对结构主义的反思。事实上，欧洲的结构主义和解构在20世纪60年代末同时抵达美国；一部分美国文学理论家接受了结构主义（如康纳尔大学的卡勒，Jonathan Culler），另一部分人接受了解构。

当时，耶鲁派各家对德里达所着重批评的"结构"的哲学意义，并没有足够的认识或兴趣；他们所要反思或反叛的是自己长期从事的传统文学研究（如浪漫主义、新批评），于是借"解构"这个新壳改造自己先前的成果，同时凸显文学修辞思维的喻说等特征，甚至模仿德里达的文体。他们似乎在呼应解构，呼应"尼采式转折"，细查之下并没有尼采和德里达的哲学关切及思辨厚度。

耶鲁派包括耶鲁大学的几位明星级的文学教授：德曼（Paul de Man）、哈特曼（Geoffrey Hartman）、米勒（J. Hills Miller）和布鲁姆（Harold Bloom）等。耶鲁四教授从不同的研究背景和目的出发，形成各不相同的"解构"理论。

他们和德里达解构的另一个重要区别是：德里达说的是对逻各斯中心结构的解构，耶鲁派看重的是对文学文本（包括文学结构）的解构。这是混淆了两种不同的结构。但是，德里达在初期并没有强调他和耶鲁派的不同。

根据耶鲁四教授 20 世纪 80 年代以前的理论著作，诺里斯（Christopher Norris）曾比较欣赏德曼，认为他是比较有力度的解构学者（这一点也有待商榷）；而哈特曼和米勒虽有德里达的文体与方法，却缺少解构应有的力度；诺里斯甚至说这两人是"有点野路子"（on the wild side）的解构。至于布鲁姆，他从开始就和解构若即若离，其后就渐行渐远。下一章会讨论布鲁姆，暂且不提。

（一）米勒和哈特曼

从两人"前解构"时期的文章可以看出，他们"才情的故土是浪漫诗歌"（[their] temperamental homeground is Romantic poetry）（Norris，1982：94）。浪漫诗学之梦，唯"纯"是求，追求不经媒介的、纯粹的意境（pure or unmediated vision）。所谓纯粹的起源、主体在场的神话、没有媒介的语言（pure origins, the myth of self-presence, unmediated language）等，都是浪漫主义诗学中与解构相悖的观点。曾经梦系浪漫的米勒和哈特曼，一旦被解构唤醒，自然悟到这些浪漫观念中的问题。

第二章 解构：实践与问题

解构抵达之前，曾是普雷（Poulet）学生的米勒，一度崇敬日内瓦学派关于诗的形式是"意识形式"（forms of consciousness）的说法，相信批评家在阅读诗歌的时候，可全然领悟并进入诗人的整体意识，进而相信批评家和诗人的意识完全可以相通（Norris，1982：93－94）。日内瓦学派的这种看法和浪漫诗学的主张很相近。

诚然，读者（或批评家）解读文学文本时势必要描述文本的整体（the totality），进入对作者意识的理解，但是不同读者对此会有不尽相同的看法，这正是解构所说的表意的"延异性"（differánce）。

"新批评"作为阐述现代主义文学的理论，曾批评过浪漫主义的一些主张，但也延续了浪漫主义的"有机整体"的观点。新批评的这个观点也和解构有些冲突。米勒接触解构之后，开始反思浪漫诗学、新批评和日内瓦学派的那些观点。不过，米勒似乎对文本具有编织的特质情有独钟。他善于从词源入手编织出自己的一个令人眩晕的文本之网，并以这样的文体来证明文学解读的多样和灵活，说明解读者和作者一样有创意。诺里斯说："米勒将这些花样用于文体，模仿德里达［的文体］，却不能完全达到德里达论证的那种力度。"（Norris，1982：93）诺里斯的话可做更具体的解释：成为"解构派"的米勒采纳了文本理论的术语来取代他以前的术语，但他忽略了文本理论仅是解构的一维，而解构后面那种批判的严肃性才是它的力度所在。

成为"解构派"之后的哈特曼也着眼于文本理论。他认为：解读是一种编织符号、游戏语义的舞蹈，善此舞蹈的批评家和诗人都是会编织的艺术家。不过，哈特曼只是在解构中为证明自己作为批评家的尊严找到了新的证据。哈特曼毫不掩饰他的自我陶醉："面对其他批评家我有优越感，面对艺术我有谦卑感。"（Norris，1982：3）哈特曼的理论似乎和解构存在某种关联，但他的陶醉未必是对解构的认同，而是要借解构的时尚满足某种愿望。诺里斯认为，哈特曼和米勒的问题相似。他说："哈特曼说得好轻松，似乎'理解'德里达和海德格尔没那么重要，要紧的是学他们的修辞范儿并沐浴春风于其中，可是他的这番信心满满的话，还是让人对他怀疑。"（Norris，1982：99）

（二）德曼

德曼是耶鲁派的灵魂人物，他和解构的关系十分复杂，复杂到我们必须快刀斩乱麻，直指问题的要害：德曼代表的解构和德里达代表的解构，名同而实不同，在出发点和结论上都迥然相异。

表面上看，德曼更注重论证的严谨，与米勒、哈特曼狂想曲式的解构确实不同。此外，德曼又貌似在呼应尼采对修辞思维的重视。但是，德曼根本不是尼采的思路。尼采主张重新纠正柏拉图的错误，将文学和哲学合为一体。上一章说过，尼采注意到传统哲学在强调逻辑思维（理性思维）时，忘记了从修辞角度观察构成哲学原则的那些问题。所以，尼采着眼"理性"和"修辞"之间的关系，为的是用"修辞思维"对"理性"做思辨和补充。经典思想（柏拉图传统）是把文本中的修辞要素仅仅当作论证逻辑可有可无的补充；而尼采认为，修辞和喻说的要素对逻辑论证绝不是边缘的关系；如何使用修辞和喻说，既可以支持也可以摧毁逻辑论证。在尼采看来，概念和喻说不可分割，是"喻说—概念"（metaphor-concept），这是尼采和德里达之间的牢固关联。在德曼那里没有这一环。

德曼重视修辞思维，其出发点和结论与尼采不同。德曼着眼的是文学文本中的"修辞"和"语义"的关系，而不是尼采思考的"修辞"和"理性"的关系。德曼的说法有些莫名其妙。他认为，文学的语义不能在文学的形式、内容、所指、语法、逻辑中寻找，而只能在"修辞"中寻找。德曼认为，由于修辞（含喻说）只能导致语义的不确定，所以文学文本的语义最终自相矛盾、不能确定。这样，德曼用貌似深奥而实际偏颇的学问搅浑了水。

在《讽喻式阅读》里，德曼阐述：讽喻（allegory）是喻说的基本形式，包含了几层意思的冲突。因此，如果把文学的阅读看作讽喻式的阅读，后产生的意思不同于先要表达的意思，甚至否定了先前的意思（de Man, 1979：73-77）。这样，所谓讽喻式阅读，就是将通常的解读结论用另一种解读来推翻。在相当一段时间里，美国文学研究界常有人把德曼的理论（文学语义的不可能性；两种相反读法的讽喻阅读）当作正宗的解构。

德里达是对结构主义的反叛，更是通过这种反叛与尼采、海德格尔的思辨衔接。德曼以及耶鲁派，没有对结构主义的反叛，也没有和尼采、海德格尔等人的精神呼应。德曼反对的是新批评的观点，即文学文本是一个语义自足的有机整体。新批评的这个观点并非不可批评，而且已经被从别的角度批评过，问题是：德曼把德里达解构的真正意义抛到九霄云外，成功地误导了学术界。

美式解构和德里达解构确有某种交叉，即文本和符号理论的出现意味着解读自由化了。除此而外，两者大相径庭。

德里达解构的基本概念是：一个有眼光、有智慧的读者可以通过自由游戏揭示压迫性逻各斯结构的矛盾和问题，从它的禁锢中解脱出来。

德曼的观点却是：因为文学具有的修辞特征，文学里的能指和一切的所指割裂，文学文本因此自我解构。德曼在说：文学没有任何意义。

诚然，德曼在解构的氛围之中，重新提出了文学的那些美学特点，如模糊、反讽、神秘、不确定性。英国浪漫诗人济慈曾将这些特点概括为 negative capability，亦即文学的负面能力。①但是，德曼没有把这些特点归于文学特有的审美判断，而是将解读导向彻底的虚无。德曼对修辞思考的致命弱点是：他认为文学的语义只能在修辞中寻找。那么试问：文学的语义为什么不能在文学的形式、语法、语境、逻辑中寻找呢？还有，文学的形式和结构难道不是修辞性的？难道阅读可以不顾语境？

德曼在《抵抗理论》一文中这样说：语法—修辞—逻辑的三位一体的传统做法用在文学批评里，是为了使文学的逻辑和语法和谐，但代价是抹去了文本中的修辞因素，而修辞因素才是对文学解读提出最大的要求（见"The Resistance to Theory"）。德曼的说法看似在批

---

① 济慈 negative capability 的概念，概括了文学特有的美学判断能力，即伟大的文学作品和文学家有一种包容不确定、怀疑、神秘的能力。

评传统，结果却是：把修辞从逻辑和语法中抽离了出来。就这样，德曼搞出另一个"解构"，一个完全割断能指和所指关系的时髦理论。

德曼去世后，他理论中的问题和他人生中的一个污点联系起来。人们发现，1940—1942年，在被德国法西斯占领的比利时，德曼曾经在纳粹控制的《傍晚报》(Le Soir) 工作，写有200多篇文章，其中有美化侵略者的词句（如"文明的侵略者"）和反犹的言论。此事被揭露之后，又有人证明他有保护犹太人的一面，披露了德曼1942—1943年的其他言行，如德曼和他的妻子曾在自己的公寓里保护过犹太裔钢琴家 Esther Sluszny 和她的丈夫；德曼还多次和比利时抵抗运动的成员 Georges Goriely 见面；据 Goriedly 的证明，他和德曼在一起，从没有怕被他出卖过（见 Felman）。这在证明什么呢？证明德曼在为纳粹发声的同时良心未泯？

发现德曼战时言论，一石激起千层浪。有人借此否定解构的一切。波士顿大学的麦勒曼教授（Jeffrey Mehlman）撰文说：任何赞成解构观点的人都是在替纳粹合作者辩解和支持，应该将主张解构的人统统"追认为纳粹合作者"（ex post facto collaborators with the Nazis），言辞不可谓不激烈（Lehman 引用）。

德里达本人是阿尔及利亚的犹太人，德国法西斯占领法国期间曾因此失去法国公民身份。他显然受到震撼。他谴责了德曼在德国占领时期的言论，同时认为，不应该因此否定德曼的全部作品，更不能否定解构的全部（详见德里达的"Like the Sound of the Sea Deep within a Shell：Paul de Man's War"）。对德里达的反应，有些人认为他根本不该对德曼的战时言行做任何辩护。还有人展开了关于维护历史事实的辩论。

这些争论内情复杂，但有两点应该注意：第一，德曼的历史污点和他奇怪的解构理论必有某种心理上的联系。第二，德曼是德里达解构之后复杂现象的一部分，但不是德里达的解构，可以说不是"规范"的解构。借德曼的污点否定整个解构没有道理。

(三) 德曼事件的警示

德里达到达美国之后的初期,使用着艰涩的语言,却坚持着解构思辨西方哲学传统的首要意义。当这个意义还没有被深刻理解时,德里达又不愿意以通常意义的观念和立场来解释这个理论,似乎怕落入圈套,解构就这样在各种似乎高深的话语包围中陷入迷雾。解构一度变成了"皇帝的新衣"。这就是艾里斯(John Ellis)在《反对解构》一书中的基本观点:"[此种趋势]所获得的并不是成熟的逻辑,而是装成成熟和复杂的样子。"(Ellis, 1989: 7)作为解构者的德里达自然是不愿意做任何意义上的皇帝,可是在学术时尚的迷雾里,解构被当作新衣,德里达也就"被"做了皇帝。赞赏德里达者,赞赏他所代表的解构的严肃性。批评他的,也有许多人出自对他和解构的爱护。

哈佛大学法学教授巴尔金说:"不知是德曼事件的直接还是间接后果,德里达[在此之后]开始探讨规范使用解构的问题(normative uses of deconstruction)。"(Balkin)德曼事件之后,德里达在《法律之力:权威之神秘基础》中以罕见的直率说:"解构是正义。"(见"Force of Law")

有人把德里达在德曼事件之后的文字称作"伦理式转向"。德里达不赞同这样的说法。不赞同是有道理的。正因为解构的出发点始终是正义,始终对现存的伦理秩序和观点持有怀疑,也就没有必要做所谓"伦理式转向"。早期的德里达着重解构理论的基础,后期的德里达关心了大家更熟悉的具体问题,诸如,后殖民主义时代的文化文学创作(如 *Monolingualism of the Other*)、全球恐怖主义(如德里达关于"9·11"的答客问)、马克思的遗产如何变成了某些僵硬的主义(如 *Specters of Marx*)等。同时,他从解构的角度分析主体、自由、正义、友谊、好客、气度、死刑等。这样看,"解构是正义"更加清晰,德里达解构和美式解构的区分也更加明显。

四　当代解构提出的问题

解构理论显现的种种问题，首先归于德里达的解构和耶鲁派之间的重要区别尚未完全廓清。此外，是否有德里达本人的问题？他对于尼采美学智慧的坚持是否不足？他的文体是否过多强调修辞思维而遗忘了逻辑思维？我们可以循序思考这些问题。

（一）此结构非彼结构

有两类结构，都叫"结构"，内容却不同。一方面，德里达针对的结构，不是泛指任何结构，而是逻各斯中心的结构，压迫性的结构。解构的对象是这种结构，尤其是这种结构的逻各斯中心的逻辑。西方的各种"真理"体系都是以同样的逻辑形成结构的；德里达解构的真正目的是重新思考各种"真理"或"知识"体系。

与此种结构相对照，文学文本采用的结构多数不是逻各斯中心的结构，而是作家为了把各种文学元素联系起来形成的各种 rhetoric-structure（修辞的结构），是文学形式的一维。美国学者布鲁克斯曾分析过一种"反讽的结构原则"（irony as a principle of structure）（见 Cleanth Brooks 全文），亦即将两个相冲突的意象主题在语境中结合起来，形成结构上的反讽效果。布鲁克斯在说明这种结构原则时，用莎士比亚、华兹华斯的诗各一首为其佐证（Brooks：802-803）。小说中也有这种结构。

文学的结构原则还有很多。不同的小说情节安排意味着不同的小说结构。陀思妥耶夫斯基善用"告白"作为小说结构；契诃夫短篇小说不以事件的解决为结尾；福克纳的《我弥留之时》结构类似毕加索的立体派绘画；海明威的《我们的时代》采用片段式的结构——有人称这种结构原则为"断裂的原则"（the principle of discontinuity）。长篇小说之所以叫 novel，正是因为其结构原则不断创新，各种结构原则和形式本身就有内容。

耶鲁派，尤其是德曼，将文学文本中的修辞特点和文学的结构

（以及相关的逻辑、语法、所指等）对立起来，给人的印象是：注重修辞的他们，将文学中的结构和逻辑给"解构"了。德里达解构的是逻各斯中心的结构，耶鲁派解构的是文学作品的修辞结构。这好比将张公之帽戴在了李公头上。

翻开当今的字典，不难发现如 Chambers Dictionary 这样的"解构"定义：

> a method of critical analysis applied to literary texts, which, questioning the ability of language to represent reality adequately, asserts that no text can have a fixed and stable meaning, and that readers must eradicate all philosophical or other assumptions when approaching a text.（一种用于批评分析文学文本的方法，基于对语言能否充分再现现实的质疑，主张任何［文学］文本都不可能有一个固定和稳定的意义，［因而］读者在分析一个文本时必须彻底抛弃一切哲学或其他的假设概念。）

这样的"解构"定义可以从德曼的论述中找到轨迹，但它恰恰不是德里达的解构，与尼采、海德格尔、弗洛伊德、陀思妥耶夫斯基、卡夫卡、库切等许多人的解构精神也是背道而驰。

尼古拉·罗依勒注意到以上定义的荒谬，他挖苦说："如果你们允许我表示意见，那么，在我看来，这个定义糟糕透顶（awful beyond words）。糟糕得让我不知从何说起，不知如何遣词造句，才能宣泄我的悲哀和郁闷。"（Royle, 2000: 1）注意：罗依勒是一位赞同解构的学者，是德里达意义上的解构者。

Chambers 的定义错在何处？首先，它把解构对象描述为"文学文本"乃至延伸到任何文本，这就偷换了解构的对象是"逻各斯中心结构"这一概念。同样的道理，针对"暴力的等级秩序"的解构必然要以更灵活的能指来挑战并松动"中心"的那个"超验所指"，但 Chambers 说解构是认为语义无法确定，所以解读文本要抛去一切哲理或其他的概念，这又是偷梁换柱，给人一种误解，好像解构者不知思辨为何物。此种解读"自由化",丧失了思辨的根本责任,已经和解构没有关系。

(二) 文学的修辞思维指向何方

解构的重要源头是尼采,应该回顾"尼采式转折"的内涵。尼采的主要目标,是纠正柏拉图割裂文学和哲学、理性和情绪、现象和实质、肉体和灵魂等形成二元对立的辩证法;尼采旨在将美学思维(含修辞思维)和理性思维重新合为一体,恢复更有生命力的思维。尼采批评辩证法,却并不否定理性和逻辑(二元对立也只是逻辑形式之一种)的作用。尼采思辨的独特,是他摆脱二元对立的束缚,进而还原事物中的各种含义、价值和潜在之力(force)。《悲剧的诞生》中最令人啧啧称奇之处,就是尼采对"苏格拉底"这个象征符号做修辞式的改造,将代表"理性唯一"的苏格拉底,改为"实践音乐的苏格拉底"(music-practicing Socrates),并且以这个新符号代表他所期待的历史性转折。"实践音乐的苏格拉底"是美学思维和逻辑思维的合二而一,是"尼采式转折"的符号,也可作为解构的缩写。

陀思妥耶夫斯基在《地下室手记》批评启蒙运动的理性传统时,也看到这个传统实际上主张"理性唯一"(reason only),而理性只是人性诸多功能中的一种。人可以理性思维,但不可能不间断地理性思维。陀思妥耶夫斯基的深思熟虑,和尼采式转折彼此呼应。解构和德里达相关,也和尼采、陀思妥耶夫斯基等先驱有关。

解构是西方新学(后结构、后现代、后殖民等)的一部分。新学之新,难免鱼龙混杂。德曼所谓的解构把修辞和逻辑对立,把修辞和所指对立,甚至得出荒谬的结论:修辞思维引入文学文本,文本便没有任何语义。

文学的修辞和美学特征,是构成审美判断(审美力)的基础。善于文学阅读的人必有体会:修辞特征和逻辑、语法等一起形成的审美力,并非要阻止读者的判断,而是让我们习惯性地判断复杂化之后再做判断,获得新的感悟。美学判断不同于道德判断和理性判断之处，在于它集理性、修辞、情智于一身，表现为反讽、模糊、不确定等特征，被济慈称为负面能力；这如同善修辞和逆反思维的老庄策略，在"大道不可道"的前提下再来论道。

审美力的重要也可以反证：没有审美力的人缺失灵性，没有审美力的社会患有情和智的重症。

新学辈出的时代，也是全球资本主义时代。在这样的时代，伪思辨也常冒充为思辨。除了德曼那样的理论之外，在历史学研究中，还有人将历史叙述中的修辞现象和保护历史事实对立，以"新学"为伪装宣扬不顾历史事实的历史修正主义。如此种种，无异于新学中的幻境。

（三）解构的立足之地

有生命力的理论都有 grounding，亦即立足之地。中文里"终极关怀"的说法可能没有"立足之地"来得准确。比如，尼采那个精神血统的思想家，不认为这宇宙间的事物有什么纯粹的起源或终极目的，认为超出个体生命甚至人类界限而贯彻宇宙之间的是一股生而灭、灭又生、源源不绝、千变万化、无穷无尽的生命力。尼采称之为酒神生命。尼采正是立足于对这个大生命的肯定，主张人类的创造应该理解为美学智慧。美学智慧是生命意志的展现。Affirmation，对生命的肯定，即为希腊悲剧之力。尼采质疑西方真理和知识传统，立足于这样的肯定。

德里达之所以解构终极目的、纯粹起源、超验所指、逻各斯等，也和尼采的这个立足之地密不可分。他在 SSP 的结尾有一个复杂的长句，提到尼采的肯定（Nietzschean affirmation）。这个结束语并非所有人都注意到了。但是，如果抹去，解构没有严肃的关照，沦为为游戏而游戏。

德曼事件出现之后，德里达开始探索"规范使用解构的问题"。德里达后期作品确实让我们更清楚看到德里达的解构与德曼式解构游戏之间的区别。不过，这个区别并非德曼事件以后才有，而是从一开始就有。德里达和德曼的根本区别就在于有与没有这个"立足之地"。

如果德里达是属于尼采式转折的一部分,那么,他和尼采又有一点不同:尼采是不断阐述"肯定"这个立足之地的,而德里达只是偶然提到这个前提。

正因为有这个前提,和解构相关的符号概念、文本理论以及解读自由化,不仅是有的放矢,而且有责任所在(accountability)。与此相对照,伪解构不顾甚至抹杀这样的前提,例如前面提到的 *Chambers Dictionary* 的定义。

对尼采在《悲剧的诞生》中阐述的这个"立足之地",德曼似乎预先感觉到了威胁而惶恐不安。在《讽喻式阅读》里,德曼这样写:"《悲剧的诞生》中许多篇章使人可以肯定〔尼采〕这个文本属于逻各斯中心的传统。尼采著作以后的发展,应该理解为对《悲剧的诞生》中得到充分表述的逻各斯中心逐渐地'解构'。"(*Allegories*: 88)

《悲剧的诞生》属于逻各斯中心传统?以后的尼采解构了自己在《悲剧的诞生》中的观点?这番话起初只是一个学者的呓语,后来传播开来,就成了谣言。

只需要举一个例子。1886 年,《悲剧的诞生》发表 16 年之后,尼采发表了《自我批评的尝试》。虽然尼采在《自我批评的尝试》中说以前的自己还不够成熟,但对 16 年前阐述的原则没有任何否定。尼采只是进一步阐明自己在《悲剧的诞生》中的原则和立场。尼采说:"这部大胆的书〔《悲剧的诞生》〕敢于第一次提出:要以艺术家的视角看科学,但是要以生命的视角看艺术。"("Attempt at a Self-criticism": 19)生命的视角正是尼采的立足之地。

德曼怕什么?他很可能惧怕《悲剧的诞生》中的以下论述:第一,尼采对酒神生命观的大量论述。第二,尼采不否定苏格拉底代表的逻辑和理性,而是将传统的苏格拉底符号改造为"实践音乐的苏格拉底"。这两点,正好击中德曼的要害。德曼既没有酒神生命观,又有意扭曲尼采重提修辞思维不是否定理性本身而是为了纠正理性唯一的立场。把修辞思维和逻辑思维对立起来的是耶鲁派的德曼,不是尼采。德曼是伪解构的代表人物。

　　看似复杂的现象往往有简单的原因：从尼采那里衍传而来的解构所主张的自由游戏，是严肃的游戏，可称之为玩世"有"恭。相反，有些时髦的游戏只是：玩世不恭。德曼的不恭敬，是不敢恭敬，他要回避历史，包括自己的历史。

下 篇

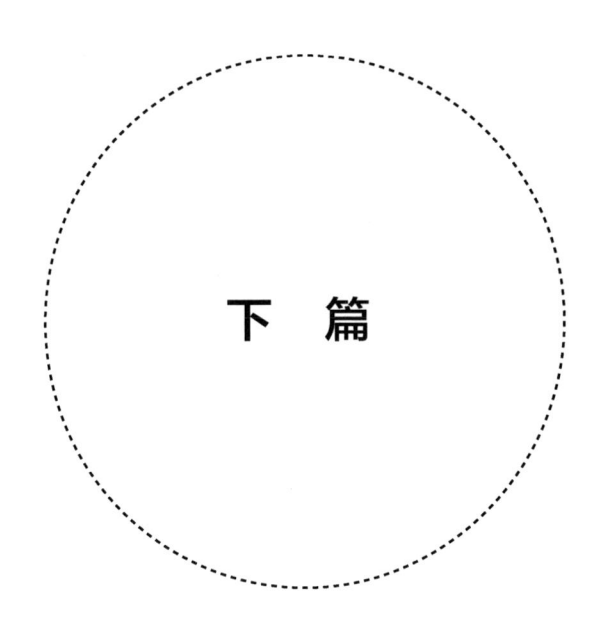

第 三 章

互文性:新文本理论

如果将当代解构理论比作一张桌子,那么,支撑它的桌腿还有:符号学、新文本理论(互文理论)、新喻说理论、心理分析学等。这些理论在内涵上的相互关联,激励着反对逻各斯中心而自由游戏的种种策略(freeplay strategies)。

当代对文本的看法发生了变化,由此产生的新文本理论,可一言以蔽之:all texts are intertextual,所有文本都是互文性的。意思是:任何文本都有其他文本的痕迹(traces)。一个文本中的其他文本,称为 an intertext 或 intertexts,译为"互文本"。而 intertextual 或 intertextuality,通常译为"互文[性]",有时译为"文本间[性]"。如何理解文本之间的关联,涉及怎样解读和写作,怎样确定语义。不探讨互文性,难以理解为什么必须将读和写的关系相对化形成动态的解读,也难以更透彻地理解解构。

互文性既然是文本的理论,要先从文本说起。汉语的"文本"一词,容易让人想到有一定篇幅的文字。如此推理,互文性就只能是具有一定篇幅的若干文本共存一体;互文性文本就只能是含有不同引文的论文。这当然是互文性,但只是互文性的一种表现。

在西方语言里,text 这个字有"纤维"和"编织"的意思。所谓互文本,其实是其他文本的残片,可长可短,短到一个短语,甚至一个字。一个多义的字就有互文性,互文本好比一根纤维,来自已有的语义网,又编入新的语义网。

互文性理论认为:互文本是一些"已经写过"或"已经读过"

（the already written or already read）的文字符号，原有的含义，在新文本中发生转换。法语的 *deja*，是这个概念的缩写。

text 的词源和纺织有关，作比喻，既指一定篇幅的文字，又指纤维那样的文本片段。一个文本类似一件纺织品，由许多文本的纤维或丝线编织而成。文本的互文性，其实就是文本的混纺性。all texts are intertextual，可以理解为所有文本都是混纺的织品。

无论在理论还是实践中，互文性的用法十分灵活，说法也莫衷一是。本章着重考察互文性理论形成的前因后果，思考其中逻辑，识辨其中问题。

文本是互文的思想源远流长，但作为当代的理论，最先提出"互文性"的是法国理论家克里斯托瓦（Julia Kristeva）。她综合索绪尔的符号学和巴赫金（Mikhail Bakhtin）的对话话语理论，提出了这个概念。

作为当代理论的互文性，影响了女性主义、后殖民、文化研究等理论，也见于对文学史以及后现代文化的讨论。

一　溯源

如同西方语言无法完全转译汉文化的一些重要概念（如孔子的"仁"）一样，西方文化的许多术语用汉语转达，也会"不可译"。准确说是不能全息翻译。text 译为"文本"，就有言不尽意的缺憾。

text 的奥秘已隐藏在其拉丁语词源里：textus（web, texture，网、质地），textum（woven fabric，织品），textere（tissue, thread or facric，纤维或丝线）。可见，text 和 textile 同宗，和纺织有关。与 text 相关的 context，源头也是 con-textere。

最早在修辞和作文的语境中用 text 一字的，据说是罗马时期的昆提利安（Quintilian, 35—100）。因为他的借用，文字意义上的 text 和 intertextuality 也发生了关联，正如纤维和纺织是分不开的。

text 的起源又是女性的。古时，纺织在许多文化里是女性的活动。女性一边纺织一边讲故事，所以，纺织也是故事的起源之一。现代英语里的"yarn"仍然在比喻"故事","to spin the yarn",不仅指"纺线",也指"讲故事"。

希腊的许多神话故事,用女性纺织作比喻。命运女神摩伊赖(Moirai)三姐妹,各有职责,却都是用纺棒上的线来掌控命运。

酒神(Dionysus)的妻子阿里阿德涅(Adriadne)用线团帮助雅典王忒修斯(Theseus)抵达迷宫的中心,又领他安全走出迷宫。

阿剌克涅(Arachne)是杰出的纺织女工,向纺织女神雅典娜(Athena)挑战,终究敌不过女神完美的织锦。雅典娜借此惩罚阿剌克涅,将她变为织网的蜘蛛。

史诗《伊利亚特》(*Iliad*)中,海伦(Helen)这个西方大美人常坐在纺车前。《奥德赛》(*Odyssey*)里,喀耳刻(Circe)和卡吕普索(Calypso)是两个会纺织的美丽女巫。

再举一个罗马神话故事。奥维德(Ovid)的《变形记》(*Metamorphoses*)里,菲洛墨拉(Philomela)被姐夫泰诺斯(Tereus)强暴,还被割掉舌头。她无以申冤,通过纺车向妹妹普洛克涅(Procne)倾诉真相。

寓意深长的还有《奥德赛》里奥德赛之妻佩内洛普的故事。奥德赛出门远征,许多男子向佩内洛普求爱。为了婉拒这些追求者,佩内洛普推说她要纺完一匹布才能考虑,以此拖延时间。白天,她在纺车前织布,夜里又把纺好的布拆掉。拆和织,都是佩内洛普的策略。

这些故事里,纺织艺术里的丝线、纹路、质地、工具,是故事的元素,又用以比拟生活中的各种魔法,用以控制、运筹、解困、变化、掩盖、揭示。与纺织同源的互文性,之所以用法灵活多变,由此可见一斑。

在克里斯托瓦正式提出互文性理论之前,本雅明(Walter Benjamin,1892—1940),就用 text 的互文性解读普鲁斯特(Marcel Proust)的《追忆逝水年华》。本雅明在《普鲁斯特的形象》一文中说:普鲁斯特的"非自愿记忆"(*memoire involuntaire*)既是"忘却"又是"记忆"。"在这部自然涌出的回忆录里,记忆是纬线(woof),忘却是经线(warf),这一点难道不是和佩内洛普的工作相反,而不是相似？在［普鲁斯特］这里，白天拆散的是夜里织补的。我们每天早上醒来，手里弱弱攥握的，仅是生活经历的挂毯上的几条穗线，而这挂毯却是在忘却的纺车上织成的。"本雅明进而论述："拉丁词 textum 的意思是'web'。没有那一个人的 text 能比普鲁斯特的［text］编织得更紧；对他而言，织得越紧越结实越好。"（Benjamin，1969：202）在本雅明眼里，text 是"文本"，又是"纺织品"。

从 text 的语言和文化源头，可以窥见 text 的本质是互文性的。互文性是新理论，也根植于古老的智慧。

二 互文的意义

文学批评中的传统性看法是：无论是研究文本的历史、做版本勘误还是阅读文本，其目的皆为确立文本的单一语义。传统意义上的"文本学者"（text scholar）主要做的是版本的勘误和版本历史的研究。传统的文本观，忽略的恰恰是文本的互文性。然而，单从写作层面看，任何作者，有意或无意，都是从语言、社会、文化、历史和文学传统中借取符号、喻说、编码，混合形成自己的文本。

虽然不能对新批评一概而论，但布鲁克斯（Cleanth Brooks）在列举新批评的若干信条时，第一条就是："文学批评是对［阅读］对象的描述和评判。"（798）布鲁克斯用"描述"一词界定文学解读，暗示文本的语义是大致固定的。在此基础上，"评判"就类似于对诗性优或劣的评议。如此看法的局限，或许在于低估了阅读的复杂及创造性。

其实，新批评也并非都无视互文性。艾略特（T. S. Eliot）也算作新批评之列，他就说过："没有哪个诗人，没有任何一个艺术家，可以独自享有完整的语义。"（538）

善于阅读者都有这样的体验：不仅要了解作品本身的语境，还要识辨与之相关的其他语境。几种语境交叉时，已经是互文性。在互文的语境里解读，怎么可能只有唯一的语义？

互文理论还挑战了将阅读和写作视为相互对立的看法。诚然，将阅读和写作分割开来是一种相当普遍的看法。问题是，这样的阅读无异于消费行为，阅读成了消极的。如果将阅读视为写作的源头，视为知识和文化的再生产，那么，为写而驱动的阅读就不是写作的对立面。

文学作者只有吸纳了文学传统的丰富营养之后方能真正创新。仔细思考之下，任何写作都是有创意的解读，是对 *deja*（已经读过写过）的符号、编码、喻说重新利用，各种文本纤维混纺，语义混合，成为新文本。

文本是互文性这个见解，符合文学阅读的实际。文学语言是喻说的，文学作品不能仅做字面解读，而是要有解读（interpretation）：读者要体会他熟悉的符号发生了怎样的语义弯曲和折射，产生了什么样的讽喻和象征语义。读者和作者共享的符号，来自社会文化的文本，而语义的折射则要在文学传统内确定，属于文学性。互文性和文学性，对于文学阅读缺一不可。

所谓文学性，还涉及与纯粹理性判断、政治判断、道德式判断有所不同的美学判断。济慈（John Keats）说过，伟大文学家的作品具有"负面能力"，能让我们在"不确定、神秘、怀疑"中思考（333）。美学判断尊重阅读，尊重读者，让读者在判断复杂化了的情景中再产生判断。互文性和文学性并存的文学阅读，怎么可能仅仅用"描述"一词来概括？

互文理论不能孤立存在。它和符号学、喻说新理论、解构、文学研究、文化研究等理论，彼此呼应，相辅相成，形成丰富多彩的当代理论及实践。互文理论的兴起和发展，也是互文性的。

三 互文的呈现方式

艾伦（Graham Allen）对互文本的关系做归纳时，指出了几种互文呈现方式。

其一，"语义极其丰富的符号［sign］"；

其二，"符号与文本和文化文本关联"；

其三,"文本和文学系统关联";

其四,"文本和另一个文本之间的转换关系[the transformative relation]"(6)。

第一、二点着重从符号来识辨互文性。可举"土豪"为例。"土豪"一词于2013年在国内风行,主要指某些新富的生活和行为模式,看似新潮,却是卷"土"重来。在中国语境中,令人想到曾经被"革命"过的乡村富豪以及相关的各种历史和文化文本。从世界性的现代化角度看,当下中国的"土豪"现象无非19世纪欧洲的布尔乔亚现象的重演。另外,因为中国的现代化中财富分配和社会公平的问题密切相关,这个词在当下的流行中,涉及复杂的语义,唤醒复杂的情绪,有人用之,意在嘲讽和鞭挞,有人用之,难掩羡慕和嫉妒,褒贬不一,各取所需。"土豪"这个符号语义何其多,众说纷纭,指向多种互文本。

第三点比较容易理解,指向文学解读的常规。后辈的作者利用前辈的文本,转化而创新,相传而累积,形成文学传统,形成文学史。我们做文学解读,势必把作品和适当的文学传统与惯例联系起来;文学解读需要理解各种语境如何交叉。读丁尼生(Alfred Tennyson)的《我已故的爵士夫人》,会想到这是"戏剧性独白"(dramatic monologue)这种诗歌形式的继续。读田纳西·威廉斯(Tennessee Williams)《欲望号街车》中的杜波依斯(Blanche Dubois),应该识别她属于"畸形人物"(a grotesque),有阅读积累的读者会和安德森(Sherwood Anderson)及美国南方的"畸形人物"文学传统联系起来。艾里森的"看不见的人"(the invisible man)源自陀思妥耶夫斯基(Dostoevsky)的"地下室人"(the underground man)。阅读时遇到反讽、模糊等情景,也会记起相应的文学惯例或传统。如此等等,不一而足。

第四点,解读文学作品还需要理解"已经读过写过的"文本在这个文本中发生了什么样的改变。德里达有句名言:"Iteration alters."(但凡重复,就会改变)互文本在文学语境中出现,语义会发生转换,新旧语义交错,编织成文学的丰富。

试举一例。在福克纳（William Faulkner）的小说《喧嚣与愤怒》（*The Sound and the Fury*）里，昆丁（Quentin Compson）在哈佛大学自杀的当天，回忆起曾在南方家乡和父亲的一些对话。其中有一句话以不同方式重复出现：*Father I have committed incest*（父啊，我犯了乱伦罪）（Faulkner, 1994：48-111）。英语读者看到这句话，自然联想到天主教徒对神父忏悔时的情景。这样，昆丁和父亲就不仅仅是血缘上的父子，还是宗教忏悔意义上的父与子。福克纳的文学性还不止于此：昆丁的父亲是一个虚无主义者，恰恰不宜是昆丁的神父。于是，这句话产生了强烈的反讽：福克纳的文学语境使本是天主教的互文本发生变化。

那么，昆丁为什么要说他犯了"乱伦罪"？昆丁的妹妹凯迪（Caddy）和一个叫道尔顿·埃姆斯（Dalton Ames）的男人发生了关系而怀孕，而昆丁为挽回家族颜面想用自己和妹妹"乱伦"的说法加以制止。读者还会想到贵族社会，包括南方贵族家庭，这样的丑闻确有发生，昆丁这样说似乎还在"情理"之中。于是，又产生其他的互文关联。

细读之下，发现昆丁似乎在说埃姆斯不是白人，可能是混血或黑人，因为美国读者会想起南方这样一句俗语：*I'll kill the nigger that slept with my sister.*（我非宰了那个睡了我妹妹的黑鬼）。读过更多福克纳作品的读者会知道，旧南方的文化里，最恐惧的是不同种族的混血。昆丁宁可"乱伦"（incest）也不肯"混血"（miscegenation），是福克纳从南方文化里提取的比喻。昆丁的父亲和南方价值观保持距离，并指出其中的荒谬，而昆丁坚持之，形成小说冲突。由互文着手解读福克纳形成的文学阅读的丰富性，由此可见一斑。

四 克里斯托瓦：巴赫金和索绪尔之间的张力

（一）克里斯托瓦提出互文性

与解构或后结构主义发生关联的法国重要理论家，几乎都曾在左翼文学杂志 *Tel Quel*（《如是》，1958—1981）上发表过文章。在《如是》的理论圈里，保加利亚人克里斯托瓦带来了东欧理论，尤其是俄国形式主义理论家巴赫金的理论，使法国理论界为之一振。克里斯托瓦的这个背景，使她成为《如是》群体中的一个前锋人物，同时使她始终处于边缘。

克里斯托瓦最早提到"互文性"是在一篇题为《文字、对话和小说》（"Word, Dialogue and Novel"）的文章里。此文写于克里斯托瓦到达巴黎的 1966 年；收入 1969 年的《符号学》（*Semeiotike*）一书。由于英语译文较晚，英语世界到 1980 年才得知克里斯托瓦的这个概念。有一段时间，英美理论界谈到互文性，匆匆掠过克里斯托瓦，将更多的关注投向她的老师巴特的互文性论述，或许是认识克里斯托瓦稍晚，或许这里还有某种潜意识的偏见：理论界重男性轻女性，重西欧而轻东欧。

诚然，巴特的互文论述虽然比克里斯托瓦稍晚，数量却更多。他还在 1973 年出版的《世界百科》（*Encyclopédie universalis*）中写过"互文性"的定义。巴特因此跃为互文理论的主要代表人物。

克里斯托瓦和巴特之间有一些重要区别不容忽略：巴特轻视文学而重视大众文化，将文学和非文学文本等价齐观；克里斯托瓦更关注诗性语言，她的理论具有高层文化特点。此外，克里斯托瓦和巴赫金有精神上的承袭，使她的理论延续了抵抗专制的政治伦理。

英美理论界侧重于巴特，而当今许多互文实践更青睐大众文化研究而轻视文学研究，这两者之间似有因果关系。

克里斯托瓦在《文字、对话和小说》里提出互文性的一段话是这样说的："巴赫金首先引入文学理论的一个观点，看似缺乏力度却事实上颇有见地：任何文本都是由各种各样的引语建构的；任何文本都是对另一个文本的吸收和转换。[这样，]互文性概念替换了主体间概念（the notion of intersubjectivity），而且，诗性语言至少是双层次的阅读。"（Kristeva，1986：37）这段话，见证了克里斯托瓦如何在重新解读巴赫金的主体间概念的基础上，正式提出互文性概念。克里斯托瓦继承巴赫金的思想，始终视诗性语言为她的理论重点。那么，诗性语言的"双层次"阅读是什么意思？这个问题不妨暂时搁置，先思考克里斯托瓦提出互文性，如何把巴赫金和索绪尔融为一体。

（二）索绪尔

索绪尔在 1915 年的《语言学概论教程》（*Course in General Linguistics*）里问：什么是语言符号？问题本身并不新。柏拉图的经典理论已经回答：语言符号等同于事物本身（thing-in-itself）；语言符号被视为因天然具有指涉功能（referential function）而产生语义。这个看法是柏拉图真理本体论的基础。19 世纪，尼采用语言文字是喻说反驳这个观点。尼采在《超越道德意义的真理和谎话》一文中说：起先，人类将感官刺激投射到一个形象上，产生"第一个喻说"，这个形象有了声音，是"第二个喻说"（454）。之后就有第三、第四喻说等。人类在规定社会关系和观察自然时，用已有的喻说形成价值，这种喻说经长期使用变成真理。"所谓真理，意味着使用约定俗成的比喻。"（455）

索绪尔和尼采遥相呼应，但他是用动态的符号理论质疑传统的语言观。索绪尔提出，一个文字符号可分为所指（signified，概念）和能指（signifier，语音+形象）两部分。能指和某个所指结合在一起形成某种语义。但是，语言系统是差异的系统，能指在差异的系统里可以产生不同组合，产生不同所指（语义）。索绪尔告诉我们，符号并不直接指向这个世界，而是首先指向语言系统，再形成复杂的表意。

我们知道，表意时，词句的不同组合产生不同语义。例如，"prescription drug"是"处方药"，而"drug dealer"是"毒贩"。drug 一词因组合的差异，语义迥然相异。可见，语言符号不是因为天然具有指涉功能产生语义，而是因为在差异表意系统里符号的关联（the relationality of signs）产生了语义。

语言体系先于个人存在，个人表意时借用语言系统而产生语义。虽然语义并不完全是个人的，但是个人的使用经社会认可后又丰富了系统。用两个法语词解释，*langue* 指语言系统，属于文化和社会；*pa-*

role 指言语，是个人对语言的借用。两者相互依存。表意，就是进入千变万化的符号关联；在永无止境的表意网里，符号的能指和所指的关系是不稳定的。索绪尔关注符号生命力的理论，以后成为"符号学"（semiology），又被称作"语言学转向"（the linguistic turn），是种种当代文论的基础逻辑之一。德里达论述解构自由游戏时说的"延异"（*différance*），也是索绪尔理论的继承和延伸。

（三）巴赫金

仅依赖索绪尔的符号学，尚不足以理解文学作品中符号具有的生命力。文学系统和语言系统相关却又不相同。文学作者写作，不仅从语言系统里选用词句，还要从过去的文学作品和文学传统中选用情节、人物原型、喻说意象、叙述的方法、文学类别特征，以及某些词句。文学策略和形式的变化形成的历史与传统，代表着文学性。此外，文学作品还直接介入特定的历史和文化，吸纳特定的历史和文化语义。文学是历史的，也是历时的（diachronic）。

巴赫金坚持的文学性，和索绪尔理论有所区别。巴赫金提出的"对话性话语"（dialogism），又称"对话性想象"（dialogical imagination），源于文学研究，特别是他对陀思妥耶夫斯基作品毕生的研究。《陀思妥耶夫斯基诗学提出的问题》（*Problems of Dostoevsky's Poetics*）是巴赫金的主要著作，汇集了他的对话性话语、主体间、复调小说等概念。通过阐释文学的作用，巴赫金强调语言体系不是抽象的，而是社会性和历史性的，反映各种群体、机构、民族的利益，又有转换它们之间关系的作用。所以，他质疑索绪尔关于语言系统的"共时性"说法。

与"共时性"（synchronic）相对的是"历时性"。"共时"是超越时间（历史）的共性；"历时"则是时间中的变化，和历史密不可分。巴赫金、伏罗希洛夫在《马克思主义和语言哲学》中说："在时间中不存在一个真实的片刻可借以建构共时的语言系统。"（Bakhtin & Volosinov, 1986: 66）巴赫金的观点鲜明可见。

对话性话语的意义，置于历史语境之中方能显现。此概念不能简单理解为文学中的对话形式,而是指一个主体(subject,即认知意义上的自我)的话语,已经内化了和他人的对话。对话性话语有时以独白的方式呈现,但是,这个"独白"的本质是至少有"双重声音的话语"(a double-voiced discourse)(Bakhtin,1984:185-186)。这双重的声音是对话,是历史的体现,也是互文性。

以陀思妥耶夫斯基《地下室手记》为例。虽然小说通篇是地下室人的独白,但他有一个具体的叙述对象(narratee 或 addressee),他所有的话都在揣测、回复或反驳一群"先生",亦即《怎么办》的作者车尔尼雪夫斯基,以及他所代表的人性观和乌托邦社会主义。

因为对话性话语的前提是一个主体和其他主体的对话,它也是主体间的概念。根据巴赫金的论述,陀思妥耶夫斯基的"主体"是他小说中的那些人物(personalities),如地下室人那样,有复杂的性格、特定的社会地位、世界观和思想立场的个人。地下室人要与之对话的"先生们"(又称"行动人""自然人""法则人")也有具体的意识形态立场。这场对话是19世纪60年代俄国一场重大意识形态对话的文学表现。

又如,《卡拉马佐夫兄弟》中的伊凡和阿留申也是两个观点不同的"人",两个好兄弟,于是才有"大审判官"那一节深刻的对话。这样有具体意义的对话性话语,形成了陀思妥耶夫斯基独创的"复调小说"(polyphonic novel,又可译为"多声部小说")。

巴赫金提出一个政治伦理问题:对话性话语以平等为基础,以民主的社会结构和文化为伦理。它的反面则是单一性话语(monologism)。这种话语居高临下,颐指气使,没有对话的愿望。人们熟悉的套话、空话、不民主的话语,就是单一性话语。在苏联的语境里,单一性话语指向斯大林主义代表的专制和独裁话语。

(四)混搭中的张力

1966 年,克里斯托瓦带着东欧理论抵达法国时,正处在人生的交叉口。她需要把东欧理论和当时正在兴起的后结构主义理论结合起来,便试图把巴赫金理论置于符号学的框架里进行转换,因此有了前面提到的那个结论:"[巴赫金的]互文性概念替换了主体间概念。"在克里斯托瓦的论述中,文本间(互文)和主体间不是非此即彼,而是彼此相依。

那么,克里斯托瓦说诗性语言的阅读至少是"双层次",是什么意思?她在提到"互文性概念替换了[巴赫金的]主体间概念"的引文之前,还有一番话需要解读。在分析巴赫金的基础上,克里斯托瓦认为形成文本的空间有三个要素:writing subject, addressee, exterior texts。这里,writing subject 既指作者,也指陀思妥耶夫斯基小说中的某些"主体",如地下室人(他也是手记的作者),又如《卡拉马佐夫兄弟》中的伊凡("大审判官"的故事讲述者);addressee 是叙述对象或叙述受众,也可称为 narratee。writing subject 和 addressee 的关系,如同 narrator 和 narratee 的关系,是对话性话语和主体间概念的具体例证。所谓 exterior texts,指的是此文本和外在文本的联系。

据此,克里斯托瓦对文字符号(word)做了"双层次"的界定:横向轴线上,文本中的文字共同属于写作(叙述)主体和叙述对象(如地下室人的对话性话语)。纵向轴线上,文本中的文字指向"以往的、共时的文学整体"(an anterior or synchronic literary corpus)。这里克里斯托瓦选用"共时"一字,没有否定横向里的"历时",但暗示了她开始向符号学理论的倾斜。因为她看到的文本空间有横纵两个轴线的交叉,她保留了巴赫金对文学性的坚持,也保留了巴赫金语言系统是历史性的观点。

横、纵两个轴线就是解读诗性语言"双层次"。两个层次都和文学文本相关。这样描述文本空间符合 all texts are intertextual 的本意:横纵交织的文本。

克里斯托瓦接下来说:"这样,横向轴线(主体—叙述对象)和纵向轴线(文本—语境)的重合,揭示了一个重要事实:每个文字(或文本)都是文字(多文本)的交叉点,在那里至少还有另一个文字(文本)可以被解读。在巴赫金的作品中,这两个轴线没有清楚的区分,他称之为 *dialogue*(对话)和 *ambivalance*(双意并存)。然而,巴赫金首先引入文学理论的一个观点,看似缺乏力度却事实上颇有见地：任何文本都是由各种各样的引语建构的；任何文本都是对另一个文本的吸收和转换。互文性概念替换了主体间概念，而且，诗性语言至少是双层次的阅读。"（Kristeva，1986：37）

这样，克里斯托瓦对东欧和西欧的理论做了一次充满张力的混搭。在克里斯托瓦的互文理论里，互文性（文本间）和主体间并存，文学和文化并存，历史（历时）的语言和共时的语言并存。

英美的有些互文理论和实践，由于偏重巴特的理论，往往忽略巴赫金的对话性话语和主体间理论，因而忽略了巴赫金从文学（特别是陀思妥耶夫斯基）那里得到的启示。英美理论界已经有人注意到这种偏差。时下对英美的互文理论提出的一系列犀利的诘问，艾伦做了以下的归纳：

> 互文性是带有历史含义的术语，还是本质上是非历史的？
> 互文性是把文本向历史开放，还是向更多的文本开放？
> 互文性是可控制的术语呢，还是在涉及有限、无限、排山而来的语义时，基本上不可控制？
> 互文性是否给我们提供了某种形式的知识，还是说它破坏了以前被看作知识的东西？
> 互文性的中心是在作者、读者，还是在文本？
> 互文性是有助于解读的实践，还是抵抗着解读的概念？"
> （Allen，2000：59）

诘问之剑锋所指，正是互文理论和实践中不可回避的问题：互文解读是毫无节制的自由，还是在更自由的解读中做到对历史、知识、作者意识这些问题负责？这也同样是解构实践当下存在的问题。问题的效应还在延烧。

应该指出，巴赫金的理论呈现出对历史、知识、作者意识的负责。克里斯托瓦的互文理论虽然带有符号学的色彩，却保持着巴赫金的对话性话语，保持着对文学、政治伦理、语言历史意义的侧重。《文字、对话和小说》一文里的论证，毕竟是以巴赫金的对话性话语和复调小说为中心词的。

五 巴特：文本和解读自由化

在巴特的互文理论里，几乎对克里斯托瓦论述中的巴赫金思想不予理会，上述那些巴赫金理论的特点明显缺席。

巴特也不像克里斯托瓦那样看重严肃文学，他甚至不认为有必要将文学文本和大众文化文本予以区分。至于他说"作者已死"，一石激起千层浪，浪声中不乏反对和质疑。由于巴特对互文理论的影响甚广，他的长短优劣都需要仔细讨论。

诚然，巴特的文本理论呼应着解构。德里达解构的要点在于，他提出了以能指的游戏来撼动某些"真理"的逻各斯中心，解构因而是思想史上的革命性事件。响应这个号召而出现解读自由化也是自然的，但是自由化的解读形形色色，鱼龙混杂，甚至脱离了解构的严肃性，却是德里达始料未及。本书的第一、二两章指出：德里达解构的严肃性在于重新评估柏拉图传统的问题。离开了这一点，能指的游戏或解读的自由化就成了无源之水。某些以"解构"为名的自由化解读缺乏这个关切，脱离历史和文学传统中的具体意义，成为名副其实的文字游戏。德里达前期着重抽象理论的建立，而后期更多探讨历史中的具体问题，也是对这些解读自由化现象默默的回答。

巴特的互文性对解读自由化起到推波助澜的作用，对他的评价却是毁誉参半。他的理论继承的多半是符号学的某些结论。他和德里达解构之间，有符号学的关联，却没有尼采代表的西方思想史观；他和克里斯托瓦互文性的联系，也是有符号学的，却缺失了巴赫金那样的历史、政治和主体观。

（一）巴特理论和解构的关系

巴特认为，20世纪文学理论的重大突破是："作者、读者、观察者（思辨者）之间的关系相对化了。"（Barthes，1977：878）这句话字面上不难理解：作者是读者，读者也是作者，两者都是思辨者和观察者。换言之，阅读是写作，写作也是阅读，阅读/写作包含了观察和思辨。

写作/阅读的相对论，针对的是视写作和阅读为对立活动的看法。通常认为，写作和阅读各行其是，两相对立。形成这种看法的原因可能有二：第一，阅读被视为消费活动；阅读物早上看，晚上丢，自然与写作无关。第二，延续浪漫传统，视写作为纯属个人灵感的创造，与作者的互文借用关系不大。

作品如果是"纯粹"的原创，作者就成了某种意义的神（author-God）。德里达批评过这种神话，在SSP里，德里达称之为"工程师的神话"（myth of the engineer）。所谓"工程师"，是从无到有地创造纯粹的话语（verbe）。事实上并没有这样的创造者，所谓"工程师"都是利用各种材料而创造的"杂家"（bricoleur）（SSP：920）。注意：与巴特不同，德里达并非否定有"作者"的存在，而是不同意有所谓纯粹的原创起源。

德里达在20世纪60年代后的一系列文章都旨在说明：西方经典传统是将能指和所指按照逻各斯的逻辑（以二元对立为基础的辩证法）固定起来，形成关于真理、语义、交流等方面的等级秩序。由此而稳定的文化不仅是因循守旧的文化，而且是依靠暴力维稳的等级秩序。德里达也用符号学的理论指出："能指的游戏"基于能指和所指不稳定的关系，使语义在表意过程中"延异"（différance）。前面我们说过，一个文字符号如同和文本编织中的一根纤维。符号在语境中已经是互文性，已经指向其他文本。"文本都是互文本"的观点和"能指的游戏"相互关联。符号和文本的概念也是相互关联。

因为当代理论的范例转移，对"写作"的看法已经变了。比如，德里达说写作是"补充"（supplement），一是从根本上解构柏拉图的言语—写作的二元对立；二是证明写作的"补充"并非无关紧要，而是不断向等级秩序引入不稳定因素。德里达的理论中，写作和阅读也是相互联系的。

巴特也说阅读和写作是相对的。他要说明写作和阅读一体时，互文性中的读和写就不再是消费，而是一个"生产"过程。这样看，互文编织和表意的"延异"是一个意思。解构并不是用来吓人的，"延异"也并非标新立异，而是在描述随时都在发生的事情。

巴特的互文观点，较集中地反映在《从作品到文本》（"From Work to Text"）一文中。巴特大概是为了强调他说的"文本"是新意，把"作品"（work）和"文本"（text）两个词对立起来。"作品"指传统的、通常意义上的文本，"文本"则指符号学和互文意义上的文本。巴特贬"作品"是为行文辩论之便，我们不必就此认为"作品"必然是贬义词。

巴特说，"作品"代表的是符号通常的逻辑（the common logic of the sign），亦即符号里的能指和所指有固定的对应关系。为说明这种逻辑，我们可举基督教神学为例。上帝的文字（God's word）是绝对真理，是逻各斯。上帝的文字见于两本书：一本是《圣经》，另一本是自然世界。根据神权的体系思想，上帝的文字不允许随意解读。巴特一言以蔽之："经典意义上的符号是个封闭的单位，它的封闭将语义固定，使之无法颤抖，不能变成双义，不能游荡。"（Barthes，1981：33）这段话讲得很生动，也说明了解构为什么要自由游戏。

巴特的观点是："文本"代表的是解构的、互文性的符号逻辑，以能指的游戏为特征，而"作品"所代表的符号逻辑则恰恰相反。阅读"文本"意味着不再消费性阅读。进入语义生产的阅读，为的是将新的愿望写在旧有的文本上。所以，将写作和阅读相对化时，读的不是"作品"，而是"文本"。

但是，巴特的互文理论有待商榷。例如，他在赋予读者更大权利的同时，几乎否定了文本空间里还有作者意识这个因素，无论是读者喜欢或不喜欢特定文本中的作者意识。

《从作品到文本》一文里，巴特以七个相互交错的小节介绍"文本"的新逻辑。简述如下：

1. 方法（method）。文本不是什么可以计算的物体，而是"方法论的场地"。巴特说，如果作品可以置于手中，文本则置于语言中，存在于话语的运动中。"文本只能作为生产的活动才能体验。"（Barthes，1977b：878－879）

2. 文类（genre）。"文本不止步于（好）文学，不能受等级秩序的约束。"这里，巴特可能引导我们进入一个误区：他把文学和非文学的区别也视为等级秩序。在德里达的解构认知里，"等级秩序"指的是压迫和暴力的逻各斯体系。然而，文学和非文学的区别指的是文学性的有或无。这一节里，巴特提到有些文本是不能用小说、诗歌、散文、经济、哲学、神秘等类别划分的，而是介乎其间（879）。这个看法倒是符合实际的，有时也被借用来描述后现代的某些文本。其实，中国古代就有文史哲不分家的传统，所以这未必就是新现象。

3. 符号（sign）。"作品封闭在某个所指里。"（The work closes on a signified）。这句话里，如果"作品"一词改作"结构"或"体系"，就符合德里达的解构思想了。问题是："作品"未必是德里达指的那个"结构"。巴特接着说：文本指的是对符号开放性的体验。文本因游戏而呈现动态（879）。巴特似乎在呼应德里达，但如果前提错了，那就全错了。

4. 多元（plurality）。巴特认为，文本的多义不能理解为同时有几个语义。"而是因能指的编织（词源上说，文本是纤维、网状中的布料）成为立体的多元。"（879）这一节里，巴特提到了文本的词源，因而难能可贵。此外，巴特还说：读/写文本时的创造性不是完全的创造，而是"半创造"（semelfactive）（880），这个说法颇有价值，因为它似在提醒：解读的自由并非没有限制的自由。

5. 亲嗣从属（filiation）。我们说的"孝道"通常译为 filial duties。filiation 指的是父母和子女或前辈和后代的关系。其派生词 affiliation，相当于汉语里的"工作单位"。不过，巴特用这个字是贬义，用以反对读者对作者或作品的所谓亲嗣从属感觉。巴特反对的是"作者"这个概念。他既反对由"世界（先是种族后是历史）、多部著作的顺序排列"等来界定作品和作者，还反对社会以法律（如版权）赋予作者对"作品"的所属权，甚至认为文学研究让人们尊重文稿和作者的意图，都是尊作者为作品之父，都要受到质疑。他说，"文本"一词没有"亲嗣从属"的含义，意思是应该从"文本"的概念里剥离"作者"的概念。这种看法就有问题了。很清楚，巴特否定"作者意识",还连带否定了法律、商业、社会、种族甚至历史对"作者"及其作品的界定作用。这种说法,显露了巴特文本理论中存在的一个硬伤。后面会详述。

6. 阅读(reading)。前面说过,巴特反对把写作和阅读视为对立,主张写作和阅读的相对化。但是,因为他反对"作者意识",又在另一种意义上把读和写对立了起来。

7. 愉悦(pleasure)。自古以来,西方的文学批评里用 pleasure ("愉悦")指文学的美学特征。pleasure 也是一个引起互文的多义字。pleasure 和 delight 同义。罗马诗人贺拉斯(Horace)提出文学既要予人 delight(愉悦),又要 instruct(予人以教诲),说的是文学同时具有美学和伦理两个功能。浪漫诗人如华兹华斯说的 pleasure,指向诗人的洞察力和丰富的内心。弗洛伊德的 pleasure principle(快乐原则)和 reality principle(现实原则),指的是人的欲望和现实之间的冲突。巴特使用 pleasure,则是想和一个法语词 jouissance 形成对比,即 pleasure 是消费式阅读,得到的快乐是被动的,而是 jouissance 被文本诱惑引起兴奋,以至于与文本亲密无间。在巴特的眼里,这才是有创意的阅读。

什么是 jouissance?法语里这个词有"性爱"和"性高潮"的含义。巴特以性欲比喻阅读快感的意图,在他《文本的愉悦》里尽显无遗。他说作者的"愉悦"不等于读者的"愉悦"。前者是被动的,后者是主动的,是读/写和文本的互动(注意不是和作者意识的互动)。巴特说,所谓阅读,是与文本邂逅的"场地"(site),出现"欲望的辩证法",产生"不可预测"的 jouissance(Barthes,1975:4)。"你写的文本必须向我证明它对我有欲望。证明是存在的:这就是[读者的]写作。写作是语言各种[性]兴奋状态的科学,是语言的《爱经》(Kama Sutra)。"(Barthes,1975:6)巴特说,语言造成兴奋点,类似我们看到身体的情欲部分时的反应,例如,看到"在两件衣服之间(裤子和毛线衣之间)闪现出皮肤",如此等等(Barthes,1975:10)。

巴特要肯定积极的阅读,可以认可。不过,将写作和阅读这样用情欲解释,虽有三分法国的风格,更有七分巴特的特点。起初,当 *jouissance* 被译为英语时,有人委婉地用 *bliss* 表示其中的色欲,后又有人建议用通俗短语译作 *coming*,局面甚是尴尬。再后来,索性不译了,直接就用 *jouissance*,比喻文本可以引起性兴奋那样的愉悦。

(二) 历史、作者意识和主体间

巴特的理论与解构有所呼应。但即便肯定这一点,还是要直面巴特理论的问题。事实上,对巴特的批评此起彼伏。

巴特之短,在于他对语言的历史性、文学性和作者意识的忽略甚至否定。艾伦这样归纳:"巴特用文本和互文理论摧毁'亲嗣从属的神话',亦即:至少在喻说的意义上,语义来自成为财产的个体作者意识。现代的书写匠(modern scriptor)写作时,一直处在阅读和重写的过程中。语义不是来自作者,而是来自互文状态中的语言。"(Allen,2000:74)

巴特的观点不是没有逻辑,而是逻辑有问题。首先,"语义不是来自作者"的说法,与作者不可能"独自享有完整的语义"(艾略特)是两个概念。其次,写作被商品化后成为知识产权,是当下的历史现实。巴特反对作者意识和语义的关系,反对的是知识产权。他要求语义均等,是否要消灭出版意义上的"私有财产"?前面提到,巴特还反对社会、法律、文学批评对作者的承认,所以要褒"文本"而贬"作品",似在暗示作者享有如此地位,是社会等级秩序赋予的特权。难怪他要把所有"作者"(author)贬为"书写匠"(scriptor)。

我们从生活中知道,读者尊重文学作者及其作品,未必就是"亲嗣从属"。有时捧作家,是商业中的"粉丝"现象;有时喜欢一个作家,基于非功利的美学判断;有时尊重某个作家,则是因为他的意识代表了公民社会的心声。鉴于这些可能都有,怎么可以把作者享有的声望不分青红皂白地与带有压迫性的等级秩序画上等号?再说,把作者被视为"父亲"未必就是错。"父亲"也是一个有互文性的多义词,有慈父严父、国父家父、暴虐之父、辛劳之父,此父非彼父也。

巴特的这套逻辑和"文化大革命"中的极"左"逻辑有些相似：攻击一点，不顾其余；而且，超出历史地要求绝对均等。

巴特名气最大的是《作者之死》一文。他以马拉美（Mallarme）为例，反驳作者意识的存在："对［马拉美］如此，对我们也是如此，说话的是语言，不是作者；写作，就是通过非个人［impersonality］的前提（不可与现实小说那种阉割性的客观混淆），以达到让语言演出，'表演'，而不是'我'。"（Barthes, 1977a: 14）

讽刺的是，巴特自己很有作者意识，写作也很有个性，一眼就能识别这是巴特的风格。无奈他不承认有作者意识。

语言是互文的，文本是互文的，这一见地没有错。巴特的错，是错将文本的媒介（agency）归于"共时"的语言系统，而忘记了历史和历时意义上的作者。我们来回顾巴赫金的告诫："在时间中不存在一个真实的片刻可借以建构共时的语言系统。"互文理论如果脱离了历史语境，那么，历史中形成的个性意识、作者意识、特定含义都荡然无存。历史中的"人"消失了，剩下的只有语言和编码。把艾伦的诘问转送给巴特恰如其分："互文性是带有历史含义的术语，还是本质上是非历史的？"

作者有各种。抄袭者可称为"书写匠"，借用而形成互文的人有自己的思想、观点、文体，是作者。许多作者拒绝做书写匠，他们凭坚强的个性思考历史、体味生命，形成了特有的作者意识，得到读者的尊重。没有这些有个性的作者意识，哪里有思想？哪里有文学史、思想史？哪里有历史？再说了，互文不等于抄袭啊，巴特先生！

克里斯托瓦看重巴赫金，巴赫金看重陀思妥耶夫斯基，是优良的一脉。克里斯托瓦的论述，主体间和文本间并存，文学性和历史性并存，横纵形成文本空间，理论更成熟，更令人信服。比照之下，巴特的新潮未免不是一种理论的轻浮。

巴特笼统否定作者意识和主体，也忽略了还有一种多元的作者意识、多元的主体观。

以弗洛伊德为代表的现代思潮反对笛卡尔式的主体观，认为主体不是与生俱来固定不变的所谓思想主体,而是受到各种力量的影响,随时处在变化中。但这不是否定人的意识,恰恰是让我们注意到生活中的种种不自由现象,从而走向更大的自由。个人身处多元力量之中,但是内心需要有统帅的声音,做出应该做的决断。非如此,何来思想?这才是尼采强力意志之说的真意。

巴赫金穷毕生之力研究陀思妥耶夫斯基,认为复调小说(多声部小说)形式是陀思妥耶夫斯基对思想史的贡献。在《陀思妥耶夫斯基诗学提出的问题》一书里,巴赫金说:"和歌德的普罗米修斯一样,陀思妥耶夫斯基(和宙斯神不同)创造的不是没有声音的奴才,而是自由的人,能够和他们的创造者并肩站在一起,能够不同意他的意见,甚至能够反抗他。"(Bakhtin,1984:6)所以,陀思妥耶夫斯基的各个"声音"是代表不同思想立场、有个性的鲜活的人。这个意义上的"主体间"对话,是克里斯托瓦说的另一种互文性。

前面提到,巴特说阅读文本时的"非个人"(impersonality)前提是语言现象。言下之意,"非个人"的意思是作品的媒介不是作者的个性。或许他对"非个人诗学"(impersonal poetry)这个现代美学问题的理解也有缺失。是的,现代诗学已经走出作为浪漫理论核心的"主观诗学"(subjective poetry)。"主观诗学"认为,诗人的生平、思想是诗的主要内容,诗歌来源纯属个人的天才。这样,在浪漫作品里,诗人张扬自己个性理所当然。艾略特认为,诗的来源是个人才能和历史的结合;好的诗人不张扬个性,而是完成作品。19世纪时,福楼拜就针对浪漫理论提出文学的非个人性,他说:要隐去作者,完成作品。创造了复调小说形式的陀思妥耶夫斯基也不会同意作者的绝对原创性是产生文学的来源。但是,所有这些主张"非个人诗学"的理论家,并不否定作者意识或作者的个性。善于隐去个性的作者,需要有更强的个性,才能把作者的意识化作诗的智慧。艾略特说得好:"当然,只有有个性又有情感的人〔作者〕才懂得想要逃离〔个性和情感〕是什么意思。"(Eliot:541)

六 互文理论的发展和运用

总体看，当代互文理论的发展和实践采纳了读写相对的观点，释放出前所未有的人文创造力。可借用克里斯托瓦横向和纵向阅读的比喻来勾勒概貌：有些实践纵横交叉，双向并存；有些实践则弃横趋纵。

纵横交叉意味着，纵，能分辨并分析文本和文本的联系；横，则保存对作者意识和文学性必要的尊重。

有纵而无横，舍弃的是文学性。随着文化研究的兴起，有些学者阅读文学文本，仅从其中提取有历史和文化价值的互文本，目的是做文化和历史研究。但是，文学文本如何转换了这些文化和历史互文本的原意，却被忽略。文学性被边缘化，与文学性直接相关的历史语境也被忽略。

此外，随着阅读观的改变，出现了各种"有特定立场的读者"（situated readers），如女性主义、后殖民、新历史、生态主义、生物政治等立场的读者群体（其中许多是学者）。他们的解读为的是重写，旨在改变某种现状，使互文性和解构紧密相关。在种种阅读立场的网状里，以"父亲"为形象的作者意识也呈现了多层的含义，与不同的阅读立场相呼应。下面几例，虽不能涵盖全貌，却可看到几个趋势。

（一）布鲁姆和文学史

后辈的作者学习并重写前辈，形成自己的风格和作品。某种意义上，这就是文学史。因而，文学史证明了文学的互文性。例如，乔伊斯（James Joyce）的《尤利西斯》是基于荷马《奥德赛》的现代小说；史坦贝克（John Steinbeck）的《伊甸园东》重述《创世记》，却把地点放在加州；库切的《福》是对笛福的《鲁滨孙漂流记》做的后殖民式的重写。还有些作者利用多种文本构建自己的作品。如福克纳的《喧嚣与愤怒》吸收并转换了基督教的礼仪和布道词、莎剧

《麦克白》的独白、耶稣的故事、南方的文化材料,等等。艾略特的《荒原》则是跨文明、跨时空的文学和文化材料的集大成。

艾略特质疑浪漫理论的"主观诗学"(impersonal poetry),第一条理由就是:作家写作必须有历史感,而历史感来自对文学史上各个传统的理解和借用。继承和创新是一个悖论:在继承"死去的诗人"的同时,后来的作家又要有意偏离传统,才能进入传统,展示个人才能(Eliot:538-539)。

后来,耶鲁大学教授布鲁姆对艾略特的论点换了一种说法:作家在继承前人时,必须有意去"误读"才能创新,这样,文学史就是一张"误读路线图"(map of misreadings)。

布鲁姆建构这个理论时思考了作家动机这个重要问题。他借用弗洛伊德的俄狄浦斯情结作比喻,亦即儿子受占有母亲欲望的驱使,有取代甚至杀死父亲的念头。布鲁姆刻意选用有希腊语词源的两个字:precursor 和 ephebe,一层意思是先驱和后辈,另一层意思是父与子,这样,俄狄浦斯情结和文学史就连接起来了。后辈作家要模仿先驱者,又要超越他,创作时有一种"影响的焦虑"(anxiety of influence)。他说,"文学父亲"(poetic father)是"讨厌的父亲"(scandalous father),因为他死不了,也杀不死。布鲁姆写道:"我认为,一个诗人……并非是一个向其他人说话的人[注:华兹华斯原话],而是反抗一个死人(注:亦即 precursor)对他说话的人,难以容忍的是,死人比他活得还旺。"(Bloom, 1975a:19)

布鲁姆的文学史观有两个相关的因素。首先,文学是互文性的。他说:"一个文本只是语义的一部分:它是个提喻(synecdoche),指向包含其他文本的更大整体。一个文本是一个关联性的事件(a relational event)……"(Bloom, 1975b:106)互文性因"影响的焦虑"(influence of anxiety)而产生。其次,提出创作/阅读的心理因素,是布鲁姆理论特有的贡献。在这个心理过程中,"作者意识"在阅读/写作中的作用不但没有被略去,而是更具体了。

布鲁姆认为,推动文学创作的不是健康状态,而是危机感,是病态,如"焦虑"。处于俄狄浦斯情结状态下,"儿子"的创作形成了种种策略,包括有意的误读,还有心理"防御机制"(defense mechanisms),与"父亲"抗衡,并加以区别。浪漫诗学认为想象力是神性的。曾经是浪漫理论家的布鲁姆后来意识到:想象也充满和历史相关的焦虑。布鲁姆看似呼应了巴特关于阅读和写作相对化的看法,却没有否定作者意识。

(二) 女性主义

女性主义文学和理论丰富而不离其主轴:文学既是父权文化传统的寄宿地,也是女性争取平等的对话和交锋的场域。女性主义的阅读和写作,存在于父权的阴影下,是解构的一个明显例证。20 世纪 70 年代出现的第二波女性主义浪潮,更多在语言、文学、文化领域里探讨性别平等。以前被忽略的女性作品被重新发现和解读。

1979 年,吉尔伯特和古巴出版了一本里程碑式的文学理论书籍:《阁楼上的疯女人:19 世纪女性作家和文学想象》。两位作者吸取布鲁姆理论的某些见地(如创作的动力是焦虑),同时针锋相对地反驳他。她们认为,布鲁姆说的是男性中心的文学史,忽略了女性文学的形成是另一种的文学史。"影响的焦虑"说的是子与父之间的焦虑。19 世纪女性作家的焦虑却是另一种:"想当作者的焦虑"(anxiety of authorship)。

女性作家的创作也是从危机和病态开始的。不过,她们的"病"首先是父权文化强加给她们的那些"病"。例如,认为女性的生理"天然"地容易患精神疾病,容易发"疯"(mad),这种偏见固锁在父权文化的语言里。19 世纪女性作家的写作,首先要冲出这种语言的禁锢。

吉尔伯特和古巴用艾米莉·狄金森(Emily Dickinson)的诗句来概括她们的女性文学史观:"Infection in the sentence breeds"(句子中的炎症在滋生)。此处的"句子"指的是"男性的句子"(man's sentence),亦即父权的语言体系。沃尔夫(Virginia Woolf)在《自己的房间》分析过,19 世纪的女性作家不得不面对"man's sentence",或服从,或叛逆,或改造。她举了一个具体的男性的句子为例,接着说:"在[这个句子]后面可以看见约翰逊、吉本和其他人。这是一个不适合女性使用的句子。"(Woolf: 606)狄金森的诗里也说,如果把"字句"一直折叠之后再看,发现里面住了一个"布满皱纹的创造者"(the wrinkled maker)。maker 一词多义,如神、制造者、创造者、诗人。wrinkled maker 指的是代表父权文化语言的"父"。父权语言里的"炎症"首先指的是那些所谓的女性疾病的比喻。那么,这些比喻滋生了什么?首先是女性作家的"焦虑",然后促使女性作家对父权语言采取自己的阅读和写作策略。

19 世纪的欧美文化,女性在经济、社会、文化、心理、尊严遭遇全面的不平等。女性的写作,被限于日记、信件、儿童故事这些文字类别。当时的社会风气希望女性处于"天使般的沉默"中(angelic silence),女性写小说受到嘲笑,反叛的女性被妖魔化(Gilbert and Gubar, 1979: 1532)。女性作家之所以焦虑,因为她生活在"布满皱纹的创造者"的句子里。

既然男作家可以从父亲形象的前辈那里得到启示,女作家为什么就不能从母亲形象的前辈那里获得鼓舞呢?吉尔伯特和古巴用"白雪公主"童话故事做了回答。故事里有个"疯皇后",她遇事总是问她的镜子,而镜子永远用"国王的声音"回答她(1532)。换言之,如果去找母亲级的前辈,她已经内化了男性中心的语言而"疯"掉了。当然,文学史后来的发展,出现了母亲级的作家,那是医好了"疯"病之后的皇后。

19 世纪的女性作家是如何创作的?吉尔伯特和古巴答:女性作家带着"想当作者的焦虑",利用当时文化可以接受的文学形式(例如浪漫故事),以巧妙的书写策略,写出另一种情节,另一种心境。

女性作家创作时免不了会想到男性语言那些互文本,却反其道而行之。她们的创作必然是互文的,也是解构式的能指游戏。比如,父权文化为女性设想的家庭空间,在女性作家笔下变成囚禁的空间;浪漫故事里输入暗恐的阴影,指出性别的不平等。这样,父权语言里的符号被转换,产生了新意。在 19 世纪的女性文学里,mad 这个词,一方面附加着父权话语所谓女性精神病的含义,另一方面又产生了

"愤怒"而抵抗的意思。

19世纪的女性文学证明：玄奥的解构和互文理论，在具体的历史现实中其实是和人的生存联系的，像直觉一样不可磨灭。

文本的词源和编织有关，而编织古时是女性的专长。互文性和女性文学的关联十分自然。女性讲故事是互文性的，和她们会编织是一个道理。现代的女性作家是古代神话的再生。她们是有魔法的摩伊赖、阿里阿德涅、阿剌克涅、海伦，是倾诉冤情的菲洛墨拉，是既能编织又能拆解的佩内洛普。

（三）后殖民理论等

吉尔伯特和古巴认为，父权文化之下的女性如何写作，与美国黑人作家如何写作，道理和路数都是一样的（Gilbert and Gubar, 1979：1534）。美国文学中的印第安人文学和黑人文学，显然属于后殖民的理论和实践范畴。当然，后殖民更是全球性的话语。

后殖民和女性主义文学的互文性，带有巴赫金所说的"双重声音的话语"（double-voiced discourse）特征，是典型的"对话性话语"（dialogism）。

19世纪的女性写作是"双重声音"，美国黑人作家的创作也是如此。早在1918年，黑人理论家杜波依斯（W. E. B. Du Bois）就在《黑人的灵魂》（*The Souls of Black Folk*）里提出"双重意识"（double consciousness）的看法：曾为奴隶的黑人，一方面有自己是"他者"的意识（白人如何看他们的意识），另一方面有自我意识。两种意识的并存和冲突，形成黑人文学和美国主流文化对话的特征（Du Bois：567 - 568）。后殖民作家法农（Frantz Fanon）在1950年的著作《黑皮肤，白面具》（*Black Skins, White Masks*）里，讲了同样的道理。

后殖民作家常常对代表殖民思想的文本做重写（rewrite）：我针对你的故事重新叙述，把我的不同观点写入新版本。重写，是读，也是写。18世纪英国小说家笛福的《鲁滨孙漂流记》，逐渐被认识到是负载殖民思想的文本。20世纪，有好几个从后殖民角度重写《鲁滨孙漂流记》的文学作品。加勒比作家沃尔科特的戏剧《默剧》即为一例。剧中鲁滨孙和星期五的角色互换,沃尔科特巧用互文、双声、解构、混合,对笛福代表的意识形态做淋漓尽致的讽刺。第二章提到,库切的小说《福》,对笛福是又一种风格的重写。

霍米·巴巴(Homi Bhabha)在《文化的立场》(*The Location of Culture*)的《序》里说,"后"时代的"后"字代表一个逻辑,即"单一的概念"(singularities),如民族、种族、阶级、性别概念已被超越。单一话语的时代可告结束。当代的文化生产是各种文化、历史、时空的交错,形成"之间"(in-between)或"衔接空间"(liminal space)(Bhabha,1994:1-8)。文化翻译、文化旅行、文化混合,推动当代的文化生产。飞散文学在一定意义上是文化翻译:家园和世界,回忆和旅行,涉及许多相互关联的文本。"东方西方"及"南方北方"代表的各种文化之间的对话、磨合、交锋,使得文学作品中的声音和意识双重或多重。当代文化中互文性显而易见,但并非只有互文性。

七 结语

所有文本都是互文性。这一古老而又崭新的见解让我们看到,任何文本都是网状的编织。文本的空间是立体的,不仅指向文本间的关系,也指向主体之间的对话、意识和立场之间的交锋、新旧语义的组合和转换。

互文本通常是作者和读者共享的那些熟悉的文本,或隐或显于一字、一句、一段。熟悉的文本是"已经写过"或"已经读过"(the already written or already read)的文本,是 *deja*。任何语言系统里文字符号的语义,在写作和解读传统中积淀,又在传统中变化。"写过"和"读过"的界限是模糊的。伊格尔顿(Terry Eagleton)说得风趣又认真:"所有的文学作品……即便是在无意识层次上,都被阅读[这些文本]的社会'重写'了。"(Eagleton,1983:12)

读中有写,写中有读,文本的语义层层重叠。互文理论代表的文化观，反对的是因循守旧甚至专制的文化观。将文本看成互文性的，意味着旧有的纤维在新的编织中获得新意，而"新"的编织被重读重写之后又被更新。

表意如水。溪水流入江河湖泊，又流入大海。这一章提到的文学史观、女性主义和后殖民的理论实践，还有从略的非文学文本的理论和实践，是当代文化生产的各股溪流，而全球时代的文化是海洋。"上善若水"，善哉生命之水！

互文理论认为语义是活水的流动，与德里达解构提到的表意是延异过程、以能指游戏质疑和改变逻各斯中心等看法相吻合。互文理论因而是解构的一部分。

本章谈到了巴特的价值和缺陷。巴特将文本的媒介（agency）从作者意识转移到"共时"的语言体系时，轻视了文本在历史和个体中形成的具体语义。将语言的"共时"和"历时"对立，或许说明巴特并未脱离自己之前的结构主义思维。

巴特接续克里斯托瓦的话语时，忽略了巴赫金的对话、复调、主体间概念。虽然巴赫金、克里斯托瓦也不赞成作者有绝对原创性的观点，但是他们并没有因此而否定作者意识。陀思妥耶夫斯基创造的多元主体，不是主体意识的消失，而是又一种主体意识的出现。巴特之后，探讨互文理论的那些作家（如布鲁姆、吉尔伯特和古巴、后殖民理论家等），事实上并没有把互文和具体的历史、主体间概念、作者意识隔离，而是将这些因素结合起来，形成令人信服的文本空间理论。克里斯托瓦理论中那些被巴特忽略的部分，正是巴特理论的缺失。

巴特的文本空间其实是单向的。将"作者意识"与语言系统对立，抹去文学和非文学文本的区别，将文学和作者归于等级秩序，其中的逻辑似乎不是相对论，而是二元对立的辩证法。又如，他提出读和写相对化的同时，又宣布"作者已死"，"读者降生"，造成读和写的新对立。巴特提倡的解读自由化，实际隔断了新与旧的纤维的互文编织。Jouissance 与作品本身产生的 pleasure 相对立，由此产生的阅读兴奋，似乎成了"读者"的一种自慰。如此种种，隐约间暗示：

巴特和德里达、尼采、陀思妥耶夫斯基、巴赫金、克里斯托瓦有重大的分歧。他并没有脱离柏拉图的二元对立逻辑。

　　互文性的意思是文本之间。除了文本之间，还有主体之间、历时（历史）和共时之间、符号学和对话话语之间、读者和作者意识之间、写与读之间、旧与新之间，等等。"之间"的意思，不是对立，而是对话，不是否定，而是思辨、翻译，是衔接。

第 四 章

弗洛伊德论暗恐:解构"在场"主体

一 何为暗恐

始于弗洛伊德的现代心理分析学,本身就是解构的范例。它所解构的,是所谓在场的"主体"(self-presence)观。

弗洛伊德心理分析学有一个重要概念,名曰:"压抑的复现"(return or recurrence of the repressed),或曰:"重复的冲动"(repetition compulsion)。① 不妨由此概念进入弗洛伊德的思想。

1919 年,弗洛伊德在《暗恐》(Das Unheimliche)一文中阐述的"暗恐/非家幻觉",是"压抑的复现"的另一种表述,亦即有些突如其来的惊恐经验,无以名状,突兀陌生,然而无名并非无由,当下的惊恐可追溯到心理历程史的某个源头;因此,不熟悉的其实是熟悉的,非家幻觉总有家的影子在徘徊,在暗中作用(弗洛伊德用德语表达:unheimlich 也是 heimlich)。

熟悉的与不熟悉的并列、非家与家相关联,这种二律背反构成心理分析意义上的暗恐。在德语中,暗恐的相应词是 unheimlich,相当于英语的 un-home-ly,直译为"非家幻觉"。但是,在英语里 unheimlich 的相应词却是 uncanny,中文译为"暗恐"(心理),音意结合,恰好与英语吻合。不过,这个概念既然源自德语,德语的原意不容忽

---

① repetition compulsion 也被译为"强迫重复"。因心理分析术语的译法并未统一,本章术语的中文译法由本书作者所译,与其他译法相左之处,附有简短说明。

略,"非家幻觉"的译法可与"暗恐"并用或互换。由于心理分析和现代文学有千丝万缕的联系,暗恐/非家幻觉的概念广泛用于文学创作、文学评论、文化研究,更为当代文论所青睐。

二 心理分析和暗恐的意义

对暗恐/非家幻觉的概念的理解,首先涉及两个语境:第一,现代心理分析学的首要意义;第二,"压抑的复现"或"重复的冲动"的概念。

现代心理分析学的首要意义是什么?弗洛伊德说,这个新学科是针对人类中心知识论(man-centered epistemology)的"第三次革命"。人类中心的知识论,即为人类自视为"万物之本""万物之灵",由此将世间万事喻人化(to anthropomorphosize the world),构成了知识和文化体系。

这种知识论,渗透西方文明,也渗透包括中国在内的东方文明。中国文化里"天人合一"的语义复杂,有些语境下与人类中心认识论相悖(如老子),而在有些语境里,人类中心知识论的影子却隐约其间。

在漫长的历史发展的进程中,人类对此种知识论的缺陷逐渐有所觉悟。人类自以为是的思维,曾表现为认定地球是平的,一直往前走即抵达深渊的边沿,而这种真理后来被航海的经验推翻。后来,地心说(即认为地球是宇宙中心)成为真理,受到宗教神权的佑护。以哥白尼为代表的日心说出现后,地心说崩塌。哥白尼天文学革命证明了人类中心知识论的局限。

以达尔文为象征的进化论不仅是生物学革命,它颠覆的是西方整个神学体系。一切以上帝名义建立起的宇宙和世界秩序(究其根底还是人类中心的知识论)就此瓦解。

启蒙运动以来,以笛卡尔为象征的主体论,推崇一个先验自足、稳固不变的主体。所谓"我思故我在"(ego cogito, ego existo; cogito ergo sum),是将我思和我存在等同起来,过分相信人类中心的知识和思维。现代心理分析学挑战笛卡尔主体论,即为"第三次革命"。弗洛伊德之后的心理分析领军人物拉康,将弗洛伊德的世界(the Freudian universe)和哥白尼的世界(the Copernican universe)相提并论,正是此意。哥白尼的世界挑战的是西方宗教裁判所代表的地心说;弗洛伊德的世界挑战的是笛卡尔代表的先验自足的主体论。因此,心理分析学的首要意义是哲学思辨层次上的意义,是它针对笛卡尔式主体论的再次启蒙。

心理分析的基本见地是:我们的"自我"(所谓"主体")不是一个先验的、固定的思想实体,而是在各种力量(比如语言结构、社会象征秩序、历史发展、各种压抑)支配之下不断变化的;"我"之中存在着他者的因素。心理分析鼓励我们有勇气面对这样的事实:"我"之中包含着"异域"或"异质"(foreignness);我们对自己而言也是陌生人(we are strangers to ourselves)。

希腊的神殿写着:知道你自己!心理分析是对这个希腊理想的现代应答。

心理分析对主体的思辨,不仅针对个人的认知主体,也是对国家、宗教、社会等力量的探究。在弗洛伊德的整体思维里,个人内心的冲突,最终指向文明的各种制度的问题。换言之,通过主体或个人的危机进入对文明和集体的思考,是弗洛伊德思辨文明各种问题的方法和途径。

心理分析学的价值在当代理论的视野之下看得更清楚。德里达指出,他提出的解构有三位直接的先驱者:尼采、弗洛伊德、海德格尔。其中,弗洛伊德(以后还有拉康)的贡献是把"我思"从"在场"的中心位置上请下来,揭穿了"我之在场"(self-presence)的迷思(SSP:916–917)。

弗洛伊德提出"无意识"既是为揭穿"我之在场"的神话,也是与柏拉图理性传统相抗衡,因为笛卡尔主体论是这个传统的延续。柏拉图传统将人的理性思维功能夸大到排斥人性的其他功能和特质(如意愿、本能、情绪、想象等),将这些人性的功能视之为非理性、"不在场"(absence)乃至"愉悦的杂音"(noises of pleasure)。所以，这个传统其实是一个理性第一、理性唯一的传统（the reason-first and reason-only tradition）。弗洛伊德阐述无意识（the unconscious），正是要证明所谓"不在场"的我是真实的存在，所谓"愉悦的杂音"是不可否定的人性。

无意识不仅存在，而且始终活跃。"压抑的复现"（return of the repressed）是"无意识"的证明。在《自我与本我》里，弗洛伊德写道："这样，我们从压抑的理论中获得了无意识的概念。我们认为，压抑是无意识的原型。"（Fread，1960：5）

弗洛伊德认为，"压抑"（repression）是文明社会中人格发展的一部分，正是因为文明要在各个方面控制人性。我们生活在文明社会里所形成的自我，其实是三我一体，即本我、自我、超我（id, ego, superego）之间能量的综合和平衡。成年的人格，意味着对早期、原始的各种欲望（例如，有性含义的幼年的"依恋物体"）的超逾，而超逾（surpassing）其实是一定程度的压抑。对此类压抑的论述散见于弗洛伊德关于性的各种研究。成年的人格，也带有文明的禁忌（超我）和本我之间冲突留下的各种压抑的痕迹——这方面的论述在《文明及其不满》里最为集中。

弗洛伊德的论述绝不是许多人想象的那般温良恭俭让。请听这句话："文明控制个人反抗的欲望，方法是削弱这种欲望，使之解除武装，并且在他内心里设置一个看管他的机构，就像在沦陷的城市里驻扎一个警备部队。"（Fread，1961：84）对"警备部队"的恐惧持续下去，就成为不自觉的恐惧。持续被压抑的是无意识，因为持续被压抑的元素不能进入意识。

不过，无意识中的压抑，在特定条件下会被唤醒，以我们不知觉的方式，一次又一次地复现。

"压抑的复现"这一概念又称为"重复的冲动"（repetition compulsion，又译为"强迫重复"）。一个人已经忘记或压抑的事情，应该是"不记得"了，无意识间不记得的事又会"演"出来（acting it out）。茫然不知地重复上演，即为"重复的冲动"。人们不自觉"演"出的，多半是心灵中的痛苦、创伤和其他负面的情绪。在《超越唯乐原则》第二章中，弗洛伊德以一个幼童的游戏为例说明这一点。这个还在牙牙学语的一岁半的男孩非常依恋妈妈，他很乖，不哭不闹。如果妈妈几小时不在，他会把一个玩具扔出去，念念有词：fort，da（德语：走了，在那儿），显然是感伤妈妈的不在；孩子又用一根线把玩具拖回来，再把它扔出去，继续说：fort，da，重复他的游戏（Beyond the Pleasure Principle：11 - 16）。这个幼童不是别人，他是弗洛伊德的孙子。弗洛伊德之后，fort/da 成为"重复的冲动"特有的符号。

被压抑的形形种种，不仅存在于所谓有精神问题的个人，也同样存在于所谓正常的个人。

人的精神现实（psychic reality）通过人的身体而存在，借由语言而展现，表现于人的所谓正常或不正常的行为。因此，精神的问题也可以通过医药复健和语言调整的双重方法治疗。心理分析师形成的职业本能，是她对病人无意识的敏感；她的工作是通过解读、对话，将被压抑的欲望带入意识，通过意识解消抗拒，逐渐获得精神的整合。心理分析的语言实践，成为心理分析和文化研究、文学实践之间便利的桥梁，也成为多学科之间对本体问题共同关心的领域。

三 《暗恐》一文简述

在上述的语境中，便于理解弗洛伊德1919年的这篇论文的价值。

文章分为三部分。（1）通过词源、词义的例子，为暗恐界定心理分析学的解释。（2）以豪夫曼的《沙魔》（"The Sandman"）为例，阐述暗恐的表现特点及其与心理历史的关联，同时解说何为"复影"（double）。（3）将现实生活中的暗恐和文学中的暗恐做比较和区分，进而阐述暗恐在文学和文化中的表现。

第一部分。弗洛伊德首先指出，美学传统过多注意了美丽、漂亮、崇高，忽略了情感（特别是负面情绪）的美学作用；美学研究应该和心理分析结合为一体。对暗恐的研究正是基于这样的认识。

通常的意义上，暗恐是一种惊恐，一种对不可解释或不知缘由的现象（比如某种超自然现象）的恐惧。弗洛伊德在保留暗恐通常语义的基础上，从心理分析学角度进一步解释："暗恐是一种惊恐情绪，但又可以追溯到很久前就已相识并熟悉的事情。"（"The Uncanny": 515）这个定义把当下似乎不熟悉的情感（惊恐）和过去的熟悉却忘记的时间联系起来，为论述的展开埋下伏笔。

接下来，弗洛伊德翻开若干德语词典，查找 unheimlich 和 heimlich 这一对德语词的若干语义。unheimlich 的主要语义是：非家的、不熟悉的、不受控制的、令人不适的、令人惊悚的；此外，unheimlich 还有个不常见的用法：本来是私密、隐蔽的显露出来（the revelation of what is private, concealed, hidden）；所谓隐蔽，是指对"自己"而言，所以是自己似知非知的秘密在不经意、没有防备的情况下显露了。

unheimlich 的反义词是 heimlich，通常的语义是：家里的、熟悉的、友好的；但 heimlich 的另一个语义是：隐蔽的、秘密的、不被自己所知的显露了出来。因为这后一种的意思，heimlich 有时是 unheimlich 的同义或近义词。弗洛伊德想说的是：unheimlich 也是 heimlich，非家的幻觉源自家（"家"在此是宽泛的比喻）。换言之，被压抑的复现同时有"家"和"非家"的两面。由此可见，暗恐或非家幻觉，毋宁是压抑的复现的另一种说法。

第二部分。豪夫曼（E. T. A. Hoffman, 1776—1822）是个擅长写恐怖而奇幻故事的德国小说家。芭蕾舞剧《胡桃夹子》就是以他的中篇小说《胡桃夹子和鼠王》为基础改编的。弗洛伊德以豪夫曼1817年的小说故事《沙魔》（有人译为"睡魔"；笔者认为译为"沙魔"更准确，因为"沙子"这个比喻在故事中的含义不可从略）注释暗恐/非家幻觉的规律，暗示心理分析和美学之间的紧密联系。不过，作为文学作品，《沙魔》的结构比较工整，逻辑清晰，应该和心理分析师通常面对的实际案例有所不同。

故事主角纳撒尼尔（Nathaniel）是个大学生。"虽然现在很快乐，但［幼年时］他所敬爱的父亲神秘而可怕地死去，那些记忆使他无法忘怀。"（"The Uncanny": 518）故事的逻辑按时间顺序复述

解构广角观
NEW COMPARATIVISM

比较清楚。纳撒尼尔还是孩童的时候，母亲为了让孩子们早点睡觉，吓唬他们说："沙魔要来了"；接着，纳撒尼尔就会听到一个访客沉重的脚步声，访客和父亲一谈就是一夜。所谓"沙魔"只是母亲编出来吓吓孩子的，但是家里的保姆添油加醋一番，听起来十分逼真："这可是个坏人，小孩子不睡觉他就来了，然后撒一把沙子在小孩眼睛里，那眼睛珠子就冒着血从头上蹦出来。然后他就把眼珠放进袋子里，带到半月（half-moon）上去喂他的孩子"，如此等等（519）。虽然纳撒尼尔对保姆的故事将信将疑，但对"沙魔"的恐惧已经在心里播种。

一天夜里，孩子们所畏惧的访客（他们认定是律师科毕柳斯，Coppelius）到父亲的书房，和父亲在壁炉前见面。纳撒尼尔躲起来偷听，被科毕柳斯发现。科毕柳斯拎着他的领子吓唬他，要把火里通红的煤渣丢进他眼睛里，父亲出来求情，方才制止。之后，纳撒尼尔大病一场，认定科毕柳斯就是沙魔。一年后，有一次父亲和科毕柳斯在书房里，不知为何发生了爆炸，父亲神秘死亡，科毕柳斯从此消失。弗洛伊德特别指出，保姆说的沙魔和科毕柳斯有一个共同点，就是他们都让孩子害怕失去自己的眼睛。

纳撒尼尔上大学后和克拉拉（Clara）订婚。大学城里有个意大利籍的眼镜师叫科波拉（Coppola，名字和科毕柳斯相似），他叫卖太阳镜的样子让他害怕。纳撒尼尔从他那儿买来一个袖珍望远镜（spy glass）。他用望远镜偷窥斯帕拉桑尼（Spalazani）教授，发现教授有个漂亮的"女儿"奥林匹亚（Olympia），从此堕入爱河，不能自拔。奥林匹亚其实是个机械人玩具，她的机械部分是斯帕拉桑尼教授制造，眼睛却是眼镜师科波拉的杰作。有一天，纳撒尼尔碰上教授和眼镜师为奥林匹亚的所属权争吵，科波拉把奥林匹亚的"眼睛"扯了出来，斯帕拉桑尼又把"眼睛"扔在纳撒尼尔的身上，纳撒尼尔顿时失控。过了很长时间，纳撒尼尔才得以康复，有一天，他和未婚妻克拉拉登上市政厅的楼顶，透过袖珍望远镜观览市容，不料看到了失踪已久的律师科毕柳斯。纳撒尼尔顿时疯掉，从楼顶坠落身亡。

这个故事里，"沙魔"代表的恐惧是无意识中的压抑。弗洛伊德的解释是：儿童心里深处对失去眼睛的恐惧，往往是对被阉割阳具的恐惧。这种恐惧广泛反映在梦境、神话、民间故事以及心理分析的过程中。我们看到，沙魔（被压抑的恐惧的象征）在纳撒尼尔生活中多次复现，却并非以原有形式复现，而是以其他的、非家的方式复现"家"的某些痕迹。具体说，沙魔现象是以"复影"的方式复现的。

double 的基本语义是镜中的影像，译为"复影"，取其为再次出现的影像之意；通常译为"双重人格"，虽有可取之处，但是在许多语境中行不通。

弗洛伊德首先回顾了心理学家兰柯（Otto Rank）1914 年对"复影"演变史的论述。兰柯指出："复影"是人的心理需要的投射，往往和镜中的影像、阴影、保护神、人们对灵魂的相信和对死亡的恐惧联系在一起。"复影"反映的是古人的自爱、自恋的心理。古时，它是防止自我被毁灭的一种保证；"永生的灵魂"是肉体的第一个"复影"，所谓"保护神"也是产生于同样的心理。在这个阶段，"复影"以神灵的面孔出现。这个阶段过后，"复影"又以魔鬼的面孔——对死亡的恐惧的阴影——面世。因此，神灵和魔鬼，同出恐惧死亡的心理，同出自恋自爱的心理，表现不同。

在兰柯论述的"复影"演变史的基础上，弗洛伊德强调"复影"在压抑复现的过程中的暗恐作用。在《沙魔》的故事里，对沙魔的恐惧以复影方式出现多次。律师科毕柳斯就是沙魔的复影；眼镜师科波拉也是沙魔的复影；科波拉和斯帕拉桑尼之间的争吵又是科毕柳斯和纳撒尼尔父亲（坏父亲和好父亲）的复影；而机械人奥林匹亚则是纳撒尼尔自己的复影，确切说是纳撒尼尔对失去眼睛或被阉割的恐惧的复影。

第三部分。弗洛伊德对现实生活中的暗恐和文学作品中的暗恐加以区分。在现实生活中，幼年时对一件事的恐惧，随着成长，随着对这件事的深入理解，一些被压抑的恐惧会随着"现实的检验"（reality-testing）被克服。然而，文学作品里面的人物以及读者（或观众）所经历的恐惧，往往不需要经过"现实的检验"，因为读者在经历文学的虚构事件时会调整自己的期待。比如，哈姆雷特父亲的鬼魂出现在舞台上，但丁描写的地狱情形，我们都会从虚构本身的特有逻辑中去理解。用柯勒律治（Coleridge）的话说，阅读文学作品时我们会暂时"心甘情愿地搁置［自己的］不相信"（"willing suspension of disbelief"）。补充说明：这种情形在阅读奇幻故事、童话故事时比较常见，而阅读有现实效果的故事时则比较少。

弗洛伊德说："［文学中的暗恐］与现实生活中的暗恐相比较是一个更加富饶的领域，前者囊括了后者的全部，而且包括了更多，包括了现实生活中没有的［暗恐］现象。"（"The Uncanny"：530）弗洛伊德据此将暗恐的现象扩大至文学乃至文化的广阔领域。与前面兰柯对"复影"演变史的论述相呼应，弗洛伊德指出："但丁《炼狱篇》的死魂灵或莎士比亚《哈姆雷特》、《麦克白》、《凯撒大帝》固然阴暗可怖，但是这些未必就比荷马的神灵的欢乐世界更加具有暗恐性。"（"The Uncanny"：531）还应该补充一点：文学中的暗恐没有现实中的暗恐那么恐怖。

弗洛伊德对暗恐的神魔两面的见解可谓深刻。可以这样归纳：暗恐理论直指人的不自由状态的根源。恐惧不安因素一旦出现过，就会形成心理历史；恐惧不安存在于个人，也存在于文化；它不仅以阴暗可怖的形式出现，也以光鲜明亮的形式示人。对魔鬼的惧怕，对神灵的崇拜，只是暗恐的两面。

走向自由，先要承认不自由的存在，进而探究不自由的根源。心理治疗的哲学意义是：克服不自由。

四 现代文学：负面美学和心理分析的交织

弗洛伊德建构心理分析，与他对文学的兴趣和知识密不可分。阅读弗洛伊德，经常发现他以文学作品来阐述心理分析的概念。从《暗恐》这篇文章的结构、方法和细节来看，弗洛伊德是以文学批评家和心理分析学家的双重身份在发言。他开宗明义：传统美学历来关注美丽、漂亮、崇高，但忽略对情感的研究，更对厌恶、苦闷等负面情绪疏于论述。然而，美学应该关注的，不仅仅是丑美，更有情感。

第四章　弗洛伊德论暗恐：解构"在场"主体

弗洛伊德的潜台词是：忽略了负面情绪的美学是不完整的美学。

弗洛伊德重视负面情绪在美学中的地位，与现代文学的发展不谋而合。现代文学的进步意义之一，在于对"光明进步"宏大叙述的价值体系之虚伪性的觉醒，是对浪漫诗学的纠正，也是对资本主义造成的各种异化现象的抵抗。现代文学越来越关注焦虑不安及其背后的种种真相。第一次世界大战后，政客们满口"光荣、神圣"的词汇，让海明威这样的作家联想到的却是芝加哥的屠宰场。漂亮光鲜的东西有时让人作呕，看重被扭曲表面的表现主义（expressionism）艺术、荒诞戏剧、小说中的"怪异"人物（the grotesque）于是应运而生，成为一种新的美学模式。简而言之，现代文学日益看重和恐惧、扭曲、焦虑、异化相关的负面情绪而形成的美学，可称之为负面美学（aesthetics of negativity）。卡夫卡就是负面美学的典范。

国内在改革开放之前初次接触到现代文学中的负面美学时，曾简单斥之为堕落、消极、反动的资产阶级美学倾向。事实恰恰相反：负面美学强烈抵抗的是资本主义对人的异化，它代表的是一种积极的反思能力。这一点，和马克思研究资本主义的初衷是吻合的。弗洛伊德以后，西方马克思主义理论家阿多诺的几部理论作品，尤其是他未完成的著作《美学理论》（*Aesthetische Theorie*，1970年），提出了现代文学呈现负面美学的现象。艾斯登斯森在《现代主义的概念》中有一节专门论述"阿多诺的负面美学"（Eysteinsson，1990：39-44），指出：现代主义看似负面，偏要用不易交流的叙述方法，正是要抵抗布尔乔亚文化那种流畅却轻浮的异化话语。艾斯登斯森赞同阿多诺对卡夫卡的看法："卡夫卡作为作家的力量……正是'现实的负面感'的力量。"（42）负面美学追求的是自由，引导我们看到不自由的存在。从历史哲学考量，负面美学旨在走向康德冀祈的启蒙理想，即：人类要走出被别人所监管的不成熟，才能真正自主。

弗洛伊德在《暗恐》中提请我们注意负面情绪的美学价值，把心理分析和现代美学有机结合在一起。暗恐是现代负面美学的一部分，其美学特征和价值呈现多面。

欲望、焦虑等复杂的因素被引入叙述理论。传统叙述学的鼻祖是亚里士多德的《诗学》。《诗学》对故事情节的逻辑和营造有详尽的论述,其中提到好情节应该曲折复杂,以意料之外取胜;然而《诗学》却略而不谈构成复杂和意外情节的心理因素。弗洛伊德的贡献,让我们看到:叙述的稳定要不稳定形成张力式的和谐;不稳定性来自欲望和焦虑;叙述的不稳定性在某种意义上是叙述的暗恐性,缺之不足以构成美学的魅力。如文学批评家林登博格(Robin Lyndenberg)所说,弗洛伊德让我们同时注意到"叙述的稳定结构和不稳定的文学性之间交融,因此,[叙述]便将惯例和创新、法则和非法、逻辑和谐语、意识效果和无意识效果等等,混合为一体"(1072)。林登博格还指出:暗恐性的叙述突出了叙述者为了表达内心冲突而与语言局限性之间不断的搏斗,突出了现实和想象之间界限的美学性模糊。可以这样归纳:"欲望"进入叙述理论,凸显了文学虚构的章法,使我们得以感悟"我"内心中存有大量"非我"(或异域、异化)因素,人性的探索因而更加动态,更加立体。

五 暗恐的特征

暗恐的几个基本特征可归纳如下。

1. 非家和家的并存。暗恐的主要特征,是非家和家的并存,是不熟悉和熟悉的并存。unheimlich 也是 heimlich:这是弗洛伊德对暗恐的心理分析式的定义。此中含有一个时间维度:暗恐将现在和过去紧紧连接为一体。

2. 记忆还是忘却。作为压抑复现的暗恐,是记忆还是忘却?答:是忘记状态下的"记忆"。所谓压抑,是要忘却过去,因此,对被压抑事情的"记忆"只能是不自觉的。自己似乎忘却的"秘密"在不经意的情形下显现,亦即暗恐式的泄露。你以为忘记了被压抑的情绪之时,它以偷偷摸摸的、不被你马上辨认出来的方式复现。所以,称压抑为"复现"而不是"回忆"很有道理。一定要归类,暗恐可以归为"回忆"的一种:忘却中的回忆。法国作家杜拉斯(M. Duras)的电影剧本《广岛之恋》依据暗恐构成情节,恰如其分地把忘却和记忆的并列作为主题之一。

3. 压抑的复现是无意识的一种创造形式。暗恐式的复现，不是压抑的过去的全部，而是被压抑的某些痕迹（traces）的再现。复现当下的形式和过去的情形不同，却又相关联。比如，在《沙魔》的故事里，眼镜师科波拉和斯帕拉桑尼教授本来与纳撒尼尔的过去无关，但是由于"眼睛"这个母题的联系，他们之间的争吵就成了律师科毕柳斯和纳撒尼尔父亲之间会面的复现。

再举几个例子：有一个女子，家人在第二次世界大战"屠犹"中丧生，但不知为什么，每一次看到希特勒的照片就会泪流满面。有一个画家，孩童时目睹父亲在红墙前面被人殴打。多年之后，在巴黎某个画展的一幅鲜红的油画前突然昏倒。此外，有些人见到某种意识形态的重复，甚至听到某种音乐，都会激动失控，也是一种暗恐现象。暗恐是一种大多数人都有的"病症"。用美学的术语表达：压抑好比是无意识中的一个不受控制的作家，"他"重复地用旧的素材撰写新的惊恐故事。这位"作家"在重复（写作）的时候，"我"真的是"我"，"你"真的是"你"吗？我们无意识间将过去和现在混淆的那个片刻，在心理分析学里称为转移（transference）现象。我们对现在的某个人、某件事、某种情景做出暗恐反应时，那个陌生的人、事、情景就是复影。

掌握了心理分析的原则，我们在"复影"这面镜子里或许能看到自己过去的某种"家事"。

4. 负面情绪的特征。过去的压抑，以焦虑不安等负面情绪为复现的方式。法国理论家塞托（Michel de Certeau）说得好：过去不仅会"再咬［你］一口"（it "re-bites"；il re-mord），而且是"秘密地、重复地咬"（de Certeau, 1986：3）。为了对付"过去"，"现在"采取遗忘策略；而"过去"呢，聚集记忆的残余进行反攻。反攻的残余分子看似是些外星人、异域分子、陌生人，其实呢，你对"他们"并不陌生，你见过，经历过。你在排斥这些"外人"的时候，实际排斥的是自己内心的某些"异域"。此外，"过去"咬你的时候，会以一种"他者法则"（law of the other）控制你，凌驾于你之上。比如，哈姆雷特父亲的鬼魂，可以把他的儿子管得透不过气来（de Certeau，1986：3-5）。

5. 另一种的时间策略。叙述的暗恐或暗恐的叙述，也是一种历史方法。塞托指出，弗洛伊德对个人历史的分析和集体历史的分析（分别以《梦的分析》和《图腾和禁忌》为代表）是他心理分析的两根支柱；他的分析方法最终为的是揭示文明社会的制度和机构的问题本源。为说明弗洛伊德的这种用意，塞托提出，历史学和心理分析学可以理解为两种时间策略（two strategies of time）。历史学的方法，是以现在和过去分成截然不同的两块。换言之，过去是过去，现在是现在，历史学的叙述以此获得所谓客观性。然而，心理分析的方法，通过个人的负面情绪把过去和现在连在一起，牢不可分（de Certeau，1986：5-8）。这种个人的、私密的经验，指向历史和文化的危机与冲突，因而具有历史价值，是另一种的历史方法和时间策略。在弗洛伊德看来，个人的病症，本源往往在于文明和个人的冲突所造成的压抑。暗恐代表的历史方法或时间策略在文学叙述中更为常见。

六　现当代文学和理论中的暗恐

暗恐也成为文学叙述原理和文学评论的概念。暗恐在现代、当代文学作品中的积极作用，在于它能从人物的负面经历中提炼出历史反思与文化批评的价值。

举几个美国现代作家为例。安德森笔下的所谓畸形人物，其扭曲的行为，透过暗恐的规律，可追溯到美国社会对宗教、性别、性关系、职业的看法对个人造成的创伤，也可追溯到历史变迁中个人错位造成的焦虑。福克纳更是运用暗恐的高手，"复影"和"重复"成为他小说风格的标志。昆丁·康普森（Quentin Compson，《喧嚣与愤怒》中的人物）在哈佛大学自杀的心理描写，虽是他在北方的"非家"行为，透露的却是旧南方"家"中的深刻危机。田纳西·威廉斯（Tennessee Williams）的戏剧《欲望号街车》里，布兰奇（Blanche Dubois）在新奥尔良妹妹家的种种"非家"焦虑，无意识间"演出"的是她过去在南方种植园家里的种种阴影。这些文学案例说明：暗恐式的叙述可以将文化批评、新历史主义的见地融入文学，引入文学评论。

作为负面美学的概念，暗恐的积极价值，又见于它在族裔文学、飞散文学、后殖文学中所发挥的作用。在后殖民的世界，殖民历史、冷战历史的种种创痛回忆挥之不去，更像幽灵似的随着移民、飞散群体和其他想象共同体一起旅行。

移居美国的克什米尔飞散诗人阿·萨希德·阿里（Agha Shahid Ali）在一首诗中说，那些被压抑的历史记忆像"一卷巨大的胶卷负片，黑白两色，尚未冲洗"（Ali, 1987：1）。借阿里的比喻来表述，族裔文学、飞散文学、后殖文学、后殖批评通过冲洗这些记忆的负片，而将被西方主流文化长期忽略的种种历史（或"时间"）纳入当代文化生产的视野之内。

美国许多族裔文学，看似只是个人故事的暗恐式叙述，揭露的却是种族主义、殖民主义的黑暗，叙述的是被忽略的那些历史。黑人作家鲍德温（James Baldwin）的许多短篇小说，如《去见那个人》《走出荒野》，用暗恐复影的方式揭示种族主义暴力对黑人和白人的伤害，入木三分，荡气回肠。另一位非裔作家托尼·莫里森（Toni Morrison）的《爱女》将美国奴隶制的暗恐再现为鬼魂，交织爱恨，震撼心灵。韩裔美国作家李昌来（Chang-rae Lee）的小说《本土语言使用者》用层层"复影"将美国历史上被排斥为"外人"的亚裔的历史和心理重现。至于纳博科夫（Vladmir Nabokov）、纳什提（Salman Rushdie）、库切等飞散作家，则是用负片、复影的方式把这个地球上的东方和西方、南方和北方的政治地缘历史一一述说。

在后殖民的话语和作品中，暗恐汹涌之处，饱含家园、他者、另一时空、被压迫的历史的暗示和启迪，引发诸多新概念。霍米·巴巴善用后殖民理论解说多元历史、多元文化的演示怎样形成当代的文化生产。巴巴认为，暗恐式叙述是产生新的空间和时间形式的重要途径之一。在谈到政治和文化飞散群体的经历时，巴巴借用弗洛伊德来描述："'非家幻觉'的片刻像你的影子似的偷偷袭来。"（Bhabha,

1998：1337）在这种情况下，所谓"非家幻觉"是"家和世界位置对调时的陌生感"，或者说是"在跨越地域、跨越文化开始时期的一种状态"（1337）。巴巴接下来对"家"（home）一词认真游戏一番，说：离家者（unhomed）正是因为有"非家幻觉"（the unhomely）的伴随，所以并非无家可归（homeless）。

无论是第三世界作家还是西方的作家，用暗恐叙述解读新旧殖民历史的论述屡见不鲜。杰勒德和雅各布斯这两位学者，针对1992年澳大利亚高级法院将马博的土地归属权判给原住民的历史性判决，认为这其中的后殖民逻辑可以用弗洛伊德的暗恐解释；他们指出，许多澳大利亚人认为原住民对土地权利的主张是奇怪的，而忽略那里的土地本来就不是欧洲人的，这正是一种"不熟悉和熟悉并存"的暗恐心理在后殖民时代的反映（见 Gelder and Jacobs）。

对民族主义和国家主义的研究是当代理论的另一焦点。启蒙运动使世界世俗化之后，宗教群体的概念日渐淡化，国家概念日益强化，民族情绪随之高涨。国家/民族主义是一把双刃剑：它可以是反殖反帝的先锋，也可以是殖民主义、种族主义的帮凶。其狭隘的一面，表现为排外、恐外、仇外、族裔偏见和种族歧视，并且在国家/民族的疆界之内把这种种偏见转化为激情。这种情形表现在前殖民宗主国对不同移民群体（亦即族裔）的歧视和排斥，也表现在大国兴起时产生的排外情绪和民族沙文主义。要克服这种狭隘，学会包容文化、信仰、历史的各种差异，才能逐渐实现跨民族主义、世界主义（cosmopolitanism）的新思维。

这方面最有建树的理论著作之一是克里斯托瓦的《我们是自己的陌生人》。这是一本以弗洛伊德暗恐理论探究各种排外思想（尤其是现代民族主义排外倾向）内在原因的专著。书名"我们是自己的陌生人"（法语：*Etranger à nous-memes*；英语：*Strangers To Ourselves*）是对心理分析的一个比喻式的概括，亦即我们的种种压抑，种种被文化环境所引入的"他者"因素，使得我们内心有许多"异质/异域"有待发掘和认识。我们对于"自己"其实是陌生的。

心理分析的这一灼见究竟是怎样和民族主义联系起来的？克里斯

托瓦首先概括"我们"对"外人"的看法:"外人"(foreigner)及其"异域"或"异质"(foreignness),既让"我们"好奇,又让"我们"产生排斥、厌恶甚至仇恨;"我们"对"外人"和"异域"有一种既新奇又拒绝的心理(a fascinated rejection)。克里斯托瓦列举西方历史从希腊至现代的种种例子来说明,"我们"(即便是出自善意)从民族、国家、地域、宗教、种族、性别、性向、意识形态等所谓纯一的社会观(social homogeneity)出发,常常将"非我"的个人或群体视为他人(the other)、外人(foreigner)或陌生人(stranger);"我们"把他人视为外部客观的同时,无意识中将自己的排外倾向视为理所当然。"随着民族国家的建立,我们有了唯一的现代、可接受的、清楚的'异域'(foreignness)定义:外〔国〕人是和我们不同属一个国家的人,是不同属一个民族的人。"(Kristeva,1991:96)由此,现代世界的种种排外、恐外情绪以及与此相关的针对移民、异族的歧视行动、话语、法律,都聚集在国家主义或民族主义的大旗之下。面对这种现象,如果没有新的启蒙教育,单靠立法等强制方法是无济于事的。克里斯托瓦认为,心理分析提供了新启蒙教育的机会。对"外人"或"异域"的好奇兼拒绝的情绪(从异域情调到排外、种族仇恨的复杂心理)实际上是"我们"自己心里种种暗恐的复现。个人或群体越是以为自己的文化更加优越和纯粹,越是受到强力的压抑和焦虑所控制而不自觉。"外人"或"异域""恰恰使'我们'成为一个问题……外〔国〕人出现时,我的差异意识出现,当我们承认我们自己也是外〔国〕人、我们的关联方式和群体可以改善时,外〔国〕人就消失了"(Kristeva,1991:1)。克里斯托瓦无疑是在提倡多元的群体观,反对纯一的群体观。这种新的文化观落实在弗洛伊德提出暗恐时重新思考"主体"的真正价值上。

克里斯托瓦的结语简单而深刻:"外〔国〕人存在于我的内心,所以我们都是外〔国〕人。如果我是外〔国〕人,那么就没有什么外〔国〕人了。"(192)

七 弗洛伊德的诚实

弗洛伊德开启的现代心理分析学，毋宁是针对人类中心知识论、柏拉图以降的西方理性传统以及笛卡尔式主体论（这三者一脉相承）进行的一次再启蒙。用弗洛伊德的话说，这是人类思想史上的"第三次革命"。在这场革命中，作为"重复的冲动"或"压抑的复现"另一表述的"暗恐"概念，直指"我"（乃至"我"依赖的文化）之中的恐惧、焦虑、不安的生成根源和历史，揭示了理性唯一传统所掩盖的不稳定是真实的存在。作如此观，弗洛伊德的"无意识"理论就不仅是理论，而且是人类现代文明迫切需要、不可或缺的诚实。现当代的西方文学、叙述学、历史研究、后殖民话语、批判理论在重新思考"现代性"的过程中，也在追寻一种再启蒙的思辨方式，因此看重负面情绪所包含的价值。在负面美学及作为这个美学标志之一的"暗恐"问题上，心理分析和现当代文学、文论十分自然地吻合而交织。弗洛伊德也许没有想到，他的理论在他身后会有如此多样的发展。但是，他毕竟预言了负面美学的历史和文化价值。

经由弗洛伊德的阐述，暗恐现象成为特殊的话语。弗洛伊德之后，这个话语进一步延伸。就叙述理论而言，看重叙述的稳定结构的经典理论必然被"解构"。再强调一次："解构"绝非摧毁，不是辩证法里的"否定"，而是创新式的转变。不稳定的暗恐渗透在稳定结构的叙述现象，具有更强的文学性和欲望的张力。重复林登博格的话：如此观察到的叙述是"稳定结构和不稳定的文学性之间交融"（Lyndenberg，1997：1072）。

此外，暗恐所启迪的另一种时间策略，和传统历史学的"客观"叙述也形成对照；善用暗恐叙述的文学作者所提供的历史价值，也自然被新历史主义理论所重视。

由于暗恐理论，后殖民话语在揭示殖民历史和话语所极力隐藏的"秘密"的努力中多了一个方便之门。

借用暗恐理论，当代理论家得以说明，为什么民族主义排外仇外的情绪，不仅仅是一种自大，而且是一种对"自己"内在"异质"因素的可怕的无知。

暗恐的潜值远未穷尽，它对思考中国文化也颇有启迪。自从"述而不作"的孔夫子以仁礼之说登上高山庙堂，他的话如钟声经久不息，中国人被圣贤君主们引导着，深信天命统御之天下自然会和谐太平。然而，振古如兹的大一统之下，渗透在和谐话语中的从来都是焦虑不安，暗恐涌动。如弗洛伊德所说，对神灵的礼拜中，依然是暗恐的复影重重。这就是历史，也是我们的历史。

中国的文化反思、中国的现代化也需要负面美学。对于我们，暗恐的价值也许是：它对于"我"，对于文化，是直面历史和现实的诚实。我们需要重新获得这种诚实。

第五章

德里达和卡夫卡：解构体系暴力和暴力体系

本章我们会重复解构一些要点，对照卡夫卡的一部短篇小说，以此观察：德里达和卡夫卡对体系暴力这个问题的共识，说明解构根植于对生命的深刻关切。

一 "真理"体系及其暴力

人类追求自由，因为有不自由；思考何为自由，势必探触不自由的来由。一种流行的观点，认为"真理"必然是自由的保障。历史上许多思想家却反向思考，认为不自由的源头恰恰是某种"真理"。更准确地说，以"真理"为名的一些思想结构或体系，事实上实施着压迫和奴役。诸如种族主义、蓄奴制、父权制、殖民主义、极权的神学和政治体系，无不各行其"真理"，成为广义或狭义的奴隶制。

此类体系的逻辑，将权柄化为绝对真理、天条戒律，将人性异化为奴性，并将奴性在人心中内化，以维持其稳定。

德里达认为：压迫性的体系都有一个"逻各斯中心"的中心，象征着绝对真理、纯粹而固定的起源和终极目的（pure and fixed arché and absolute telos）。如此中心构成体系的体系性，用德里达的话说，形成了"结构的结构性"（the structurality of structure）。①

体系允许某种程度的游戏，却禁止对中心有任何触犯。中心不容置疑，不容改变。体系在禁止自由思想、迫人就范于中心的绝对权威时，形成体系暴力。

体系的"真理"之所以是压迫性的，因为其体系性高于人性，体系的稳定高于人的自由和福祉。解构理论虽然层次甚多，其要义不妨概括为：揭示体系的体系性，或曰结构的结构性，揭示体系的逻辑及其矛盾，以开放和游戏的话语抵抗其"真理"。

德里达之前和之后，同样的道理被以不同方式不断阐述。文学的方式以修辞和情感为先，所以文学中的解构能让我们直观体系暴力的运作，从荒谬、讽刺、震撼中获得启示。卡夫卡的讽喻式故事让我们看到：体系暴力时而露出杀戮的面目，而在更多情况下则表现为心理上的强制和奴役。卡夫卡的讽喻是噩梦式的。

将德里达和卡夫卡并列，或有理论的抽象和文学的直观相融之效，进而明了一个道理：解构必然涉及对体系暴力的解构。

德里达的解构语言指出：暴力的根源在体系的逻各斯中心。

卡夫卡的讽喻文学揭示：体系暴力之荒谬和残酷，可以从一个流放地的整个体系直观。

二　逻各斯中心：结构的结构性

解构的意义适用于东方和西方。然而，鉴于它首先是发生在西方思想史的"事件"，不妨先在西方语境里予以厘清。

第一章说过，中文里"真理"的译法，尚不足以让我们分辨英语 truth，希腊语 aletheia 含有的"真相""真实""隐藏的被揭示"

---

① 德里达的解构，主要针对一种排他性、压迫性的"结构"（an exclusive and repressive structure）。本书有时使用现代汉语更熟悉的"体系"或"体制"（system），与德里达的"结构"同义。德里达用"结构"一词，或许更有针对 20 世纪 60 年代前后在欧洲流行的"结构主义"之意。

"真理"等不同含义。解构质疑的不是"真相"或"真实",而是升级到"真理"地位的知识和价值观。

尼采在《非道德意义上的真理和谎言》一文中指出:人类文明往往从人类中心的认知(man-centered episteme)出发,把某些欲望和观察用比喻表达,形成的一些知识和价值,长此以往,成为约束思想和行为的惯例,俨然是"真理"。关于自然界的"真理",不少是将自然拟人化(anthropomorphized)形成的知识。社会意义上的"真理",源于为一部分人的利益而限制另一部分人而造出的价值,通过某种权力机制将之固定,奉为"真理"。用"真理"来掩盖真相、否定真实的事,并非罕见。

人类生存不可能没有一定知识和价值秩序的规范。问题是哪些价值有助于生命,哪些有害于生命。称某些知识和价值为天经地义、绝对不变,已经显露出酷烈的性格。

德里达及解构的先驱者(如尼采、海德格尔、弗洛伊德等)针对西方现代历史出现的问题,追根溯源,批评柏拉图传统的"经典思想"(classical thought)所创造的"真理"或"知识"体系。柏拉图传统秉承若干名号,如辩证唯心传统、"在场"传统、"逻各斯中心"传统、真理传统、知识传统等,意思都一样。经典思想验证"真理"或"知识"的一套方法,称作"本体论"(ontology)。本体论将"真理"体系奉为至尊至上,其绝对犹如神学的极权。称之为"本体神学"(onto-theology),意在讽刺。

尼采针对这个传统提出不同的看法:人类文明的目标不是"真理",而是对生命的肯定(affirmation of life)。"肯定生命"意味着肯定各种生命的任务,也肯定超出个体生命的大生命观,亦即古希腊的酒神生命,宇宙间循环往复、生生不息的生命力。

第一章还提到,思考经典思想的本体论,可从它形成"真理"的两个假设入手。假设一:文字等同于事物本身(a word is equal to a thing-in-itself),也等同于思想。这样,指谓"真理"或"事物本身"的关键词本身就是"真理",代表"超验所指"(transcendental signified）。①

假设二：以二元对立（binary opposition）为基础的辩证法，是证明和维系"真理"的逻辑。二元对立：由两个相互对立的概念构成，其中一方奉为尊贵而被肯定，另一方斥为卑贱而被否定；尊贵一方称为"在场"（presence），卑贱一方称为"不在场"（absence）。在场或不在场，由"真理"的立法者（长老、皇权、殖民宗主国、掌握权力的利益集团，等等）根据某种愿望和需要所定。一旦确定，升级为"真理"。

比如，柏拉图《理想国》第十章的推论，有一个预设的二元对立做前提：唯心"哲学"为尊，"诗学"为卑。作为在场词的"哲学"和其他在场词（"真理""原件""知识""理性"）并用，形成肯定推论。不在场词和其他不在场词一起使用（如诗、文学、模仿、解读、非理性），就是否定推论。辩证法用的这种 tautology，可译为"同义词重复"。

苏格拉底/柏拉图依此这样做否定推论：诗学（尤其是悲剧）只是对真理的模仿（模仿是不在场词）；荷马是诗人，所以荷马不代表真理；荷马必须被否定。以二元对立为基础的辩证法，说是推理，与强词夺理并没有两样。

现在说到问题的关键：在柏拉图传统里，Logos 这个词的含义包含的正是本体论的两个假设，因此，"逻各斯"是柏拉图本体论的符号。

在柏拉图的对话里，speech 优于 writing 被定为二元对立的原型。这个 speech 即为 Logos，它不是一般意义上的 speech，而是等同于理性、灵魂的言语。柏拉图所著的《菲德洛斯》（*Phaedrus*）说："言语"（speech）根植于"活的灵魂"，最接近理性和真理；而"书写"（writing）则被说成是对真理的扭曲，贬为不在场。

Logos 不是一般的"言语"，而是等同理性、真理的"言语"。柏

---

① 根据西方经典思想的逻辑，既然某些字等同实体也等同概念，这样的字是"超验所指"。

拉图传统进而赋予 Logos 纯粹的起源、终极目标（arché，teleos）等含义。

尊此贬彼的二元对立，看似神意，实是人为。如果我们反驳：言语也是书写，书写也是言语，二元对立即刻瓦解。

逻各斯是柏拉图传统的本体论的代名词，所以，经典思想又被称为逻各斯中心的传统，作为这个传统之父的柏拉图则被称为"逻各斯之父"（the Father of Logos）。

德里达进一步指出：西方哲学和科学产生的各种真理/知识体系或结构，万变不离其宗，都有一个逻各斯逻辑构成的中心。这便是德里达说的"结构的结构性"和本章所说的"体系的体系性"。

体系都有一个逻各斯中心逻辑的中心。中心词代表在场、超验所指、绝对真理，而且具有所谓"纯粹起源"和"终极目标"。鉴于逻各斯中心是一个二元对立，它在显示尊贵的在场之时，已经明言或暗指对某个不在场概念的否定。中心的否定，是体系的排他性、压迫性。

体系从中心词出发，采用重复代表在场的同义词为肯定推论，每个字（能指）只有一个固定的意义（所指）；同样，重复代表不在场的同义词为否定推论，每个字（能指）只有一个固定的意义（所指）。固定的肯定推论和否定推论形成体系。

"真理"体系的霸气不可低估。在西方神学体系中，God 或神的其他名号是逻各斯中心，等同神的存在。"上帝之名""神之言"不仅仅是个字，而且代表上帝所创造的整个世界：God's word is the world。父权体系的中心是"父之名"；"父之名"等于父权统治的整个体系。同样的道理支撑着中国的皇权，皇帝以"天子"之名号令：普天之下，莫非王土，率土之滨，莫非王臣。

现代世界里，"科学"一词演变成逻各斯，时常等于一切合理的解释；用"科学"冠名某事，对与不对都成了对的，"科学主义"成为新的宗教。政治教条所产生的现代宗教，也是由逻各斯中心逻辑所支撑。

逻各斯中心形成的"真理"，主要为了稳定结构或体系内的语义，使充满矛盾的结构或体系看似和谐。稳定与和谐的前提是，禁止个性的思考，强迫人接受体系的真理。

中世纪，西方的宗教教条实验，以"上帝之名"认定异端邪说，形成宗教裁判所之类的极权。现代世界世俗化了，神的极权似乎远去，政治教条却出现，逻辑依旧：强定善恶，将对立的两端绝对化，抹去中间层次，排斥和磨灭活的思想。政治教条的实践，更善于将中心所代表的酷烈意志转化为简单易行的号令，以诱惑加威慑加以贯彻，形成器械性的体系。人的极权之暴虐和绝对，比神的极权有过之而无不及。无论是神学还是政治的专制，都要求子民"正面"看问题，服从中心，不允许指出体系的自相矛盾，只允许你"适当"游戏。一旦有人要独立思考，要求与体系商榷，则施以暴力以便维持稳定。

在《立场种种》（*Positions*）一书里，德里达说："在经典哲学的［二元］对立中，我们遇到的不是［两者］彼此和平共处的关系，而是一个暴力的等级秩序。"（In a classical philosophical opposition we are not dealing with the peaceful coexistence of a vis-à-vis, but rather with a violent hierarchy.）（41）

一句话，简单明了道出解构的价值。

三 流放地：体系的体系性

《在流放地》是一则现代讽喻（modern allegory）。讽喻的细节不可仅仅做字面理解。"流放地"（the penal colony）是某个海岛上的劳改场，作为讽喻，则泛指任何禁锢思想的神学、政治、经济或意识形态上的体系之所在。

故事人物的象征意义，取决于各自与流放地体系的关系。"探险者"（the explorer）来自流放地之外相对自由的世界。他进入流放地时，岛上"老统帅"（the old Commandant）已死，接任的"新统帅"（the new Commandant）无所事事，身旁有一群女士，给他嘴里塞糖吃。新统帅这种柔和的假象，似乎意味着改革在即，却是只听见楼梯响,不见人下来。"军官"(the officer)体系的铁杆捍卫者和执行者,至今效忠老统帅,不肯听命于新统帅。探险者受新统帅之邀,观看对一名无辜"受刑人"(the condemned)的处决。军官的监斩,由一名士兵(the soldier)协助。故事的结尾,探险者随受刑人、士兵来到海边的茶馆。茶馆里老统帅的信众,也应列入人物名单,他们是整个讽喻不可缺少的一部分。

新统帅邀请探险者观看处决,而军官(代表老统帅)亲自监斩并向这个外来人介绍岛上的制度,事实上是新统帅和老统帅幽灵之间的角力。双方都想借外力对流放地的体系做出是或否的评价,似乎外来人的评价会影响流放地的存与亡。作为读者,我们多半会把自己当作外来人而和探险者认同,情绪也和他一起波动。这样,我们读者也置身故事,成为间接的观察者和评判者。

现代文学不乏善用负面情绪的例子。卡夫卡是这种负面美学的代表。他的文字并非为寻求逃避的读者而写。《在流放地》不给我们留有任何天真烂漫的可能。故事是噩梦,它的启示在它的震撼中。

开始,我们的注意力全在行刑工具上。the apparatus 不妨译为"机器"。不过,英语的 apparatus,德语的 gerät,都有"工具""器械""设备"等意思。讽喻意义上,它是流放地器械性体系的延伸,是执行体系酷虐意志的工具。

军官告诉探险者,整个流放地的组织结构,包括这部机器,都是老统帅的设计。换言之,老统帅是流放地的总设计师,也是最关键的"在场"词。

机器分三部分:顶层部分叫"设计者"(the designer,输入并发出指令,可视为老统帅体系的机械象征);中间部分由玻璃制成,呈现人的胸部和腿部形状,称为"耙子"(the harrow);底部是"床",粗棉花铺垫,受刑人被强迫面朝地固定在"床"上。受刑人的所谓"罪状"编成程序输入"设计者",发出指令后,"耙子"开始震动,用针不断扎在受刑人的背上,慢慢刺写他的所谓罪状。机器一边振动着在人体上刺字,一边用喷管的水缓缓冲去血迹。行刑时间共 12 小时。前 6 小时,受刑人的嘴被塞住。6 小时后,不用塞了,这时犯人

第五章 德里达和卡夫卡：解构体系暴力和暴力体系

已没有力气。最后的时间是屠杀的时刻。

机器并非高科技，不是按科学逻辑而是根据讽喻逻辑写出来。这种有人形而无人性的慢性屠杀工具，在现实中并不罕见。举一个通常不会提到的解读可能：以特殊利益为核心的经济制度，如同这部机器一样，是在诱骗和威慑之下，将人变成奴（房奴、卡奴、工作奴），让人慢慢消耗，直至死亡。

机器不仅荒谬，而且虚伪。要杀你，要你记住体系的暴虐，同时帮你洗去身上的血迹。"军官"这样描绘："你在医院里已经见过类似的机器；不过我们的'床'怎样移动是完全精确计算好的；你瞧，多么准确地配合'耙子'的震动。而'耙子'是实际执行判决书的工具。"（Kafka，1976：196）杀人机器看似医疗器械，残酷却精美，讽刺意味十足。现实世界里有这样的机器吧。

受刑人所犯何罪而受此酷刑？军官将一张图输入"设计者"之后，"耙子"在他背上慢慢刺下这样的罪名："必须尊重你的上级！"（HONOR THE SUPERIOR！）（Kafka，1976：197）事情是这样的：受刑人的工作，是在每小时钟声敲响那一刻站起来向他的上尉的门口敬礼，但是昨晚两点时他睡着了。上尉用鞭子狠狠抽他，他惊醒后抱住上尉的腿大喊："扔下鞭子，不然我吃了你。"（Kafka，1976：199）这就是他的罪。流放地不需要审判，也不需要调查、申辩、判决的法律程序，就判了受刑人死刑。

如此荒谬的罪与罚，符合流放地体系的基本逻辑。对于此类体系来说，最大的罪是不服从体系的体系性，违逆中心所代表的意志。正如在皇权之下，"欺君犯上"是最大的罪。迕了君主的意愿，就是扰乱朝纲，杀一人乃至诛灭其九族都只是一句话。

探险者是外来人，他明知这个体系的残酷，准备对这种制度说"不"，却犹豫再三。军官见还有机会，便作最后一搏，想要证明体系的正确。他取出机器顶部的另一个指令，上面写着："要正义！"（BE JUST！）（219）讽刺意味十足。

现代思辨理论（文论）形成共识，即工具理性如果脱离人文理性（或价值理性），尽管可表现为效率，却未必符合人性，也未必代表正义。

apparatus 只是体系的工具，对故事更重要的探索，是确定流放地体系的中心。

流放地的中心是老统帅。准确说，是被神化、被逻各斯化、被幽灵化的老统帅。如同其他此类的体系或结构一样，神化的老统帅之名号、意志、话语，代表纯粹的起源（arche，他是流放地的总设计师）、绝对的真理（代表必须服从的"正义"）、目标（telos，以正义为名的奴隶制度）。老统帅已经不是人，他的话相当于"上帝的话"，相当于那一句霹雳惊魂的话："奉天承运，皇帝诏曰。"

一个被奉为尊贵、等于真理的名号不只是名号，而是等于一个世界，这正是逻各斯的内涵：上帝的话等于上帝的世界，皇帝的话等于普天之下的皇土，老统帅的话等于整个流放地及其组织结构。德里达说的"结构的结构性"，流放地体系的体系性，正在于此。

对流放地体系的具体所指，迄今有各种解读。一种是神学的角度，视流放地为神学的极权体系，指出故事中的老统帅如同《旧约》中的"上帝天父"。福勒注意到流放地的秩序类似《旧约》中的"旧法"（old law）秩序，要靠"原罪"的概念来威慑"信众"（Fowler，1979：114 – 115）。

另一种是现代政治的角度。卡夫卡这个故事被改编为各种语言的电影、戏剧和歌剧，呈现出法西斯、殖民地或其他现代极权社会的背景和主题。

还有一种历史学角度的解读。德科文（Marianne Dekoven）将流放地解释为一种"以惩治为社会形式的殖民主义"；她认为，故事显示了"从君主贵族的过去过渡到表面开明的当下这一种暧昧［历史］的过程"（Dekoven，1984：114）。

这些神学、政治、历史角度的解读虽然不同，都指明流放地是一种"暴力的等级秩序"。

从卡夫卡作品的整体来看，暴力秩序的中心通常被喻说化为某种"父"的形象，代表广义的父权秩序。此为象征意义的"父"，不是生理意义的父，又可称为"原父"（archetypal father）。拉康"父之名"的说法可能更准确,因为这是可以和神学意义的"天父"类比的。试将宗教意义上"in the name of the Father"理解为逻各斯式的圣旨,就不难发现:卡夫卡所勾画的剥削的父、暴虐的父、官僚的父、极权的父,是"父之名"的不同面孔。

据此可推断:流放地体系的逻各斯中心是卡夫卡"父之名"讽喻的又一例。杀人的机器、卫道士的军官、士兵、受刑人、岛上的民众,按照中心的需要,各尽其职,完成体系的体系性(结构的结构性)。

卡夫卡式讽喻还有一个特点:垂死之力,僵而不死,死了也不瞑目。短篇小说《裁决》(The Judgment)里已进入"第二童年"的父亲,手捏一块表,穿了睡衣像小孩子在床上蹦跳;如此怪异的父亲,却能随心所欲地戏弄他即将迎娶新娘的儿子,几个回合的语言交锋下来,儿子在负罪的心理之下俯首听命。这时,父判子去死,儿子从桥上跳下自裁,应了那句老话:"父叫子亡,子不得不亡。"

垂死的力量,依然能奴役,能施暴,能杀人。

流放地体系正是如此。杀人机器已经老化,顶部的"设计者"部分齿轮已经叽嘎作响,捆绑受刑人的皮带也旧了。以前在老统帅治下,军官可以随意动用资金维修机器,可是新统帅掌握了维修费,军官用钱受了限制(205-206)。尽管如此,机器还保持着赋予它的施暴功能。

探险者(也是读者的化身)对流放地的制度深恶痛绝,但安慰自己说:流放地的"传统即将结束"(212),想着多一事不如少一事,久久不肯说句公道话。最后,对军官要他为体系的"公正"做证的请求,探险者终于说了"不"。这时,军官做出惊人决定:为了维护机器、体系和老统帅的"公正",他释放了机器下面的受刑人,自己脱光了裸躺在机器下面的"床"上。杀人机器顷刻失灵,狂跳乱跳,直接进入第十二小时的屠杀。军官以身殉体系,圆了他的烈士梦。

我们以为,机器坏了,流放地的体系也就结束了。其实不然,老统帅已死,他的幽灵依然笼罩着整个流放地;这是一个由死人的意志控制的体系。

士兵领着探险者走到茶馆，在茶馆一张桌子下面找到老统帅的坟墓。

茶馆是流放地最老旧的建筑，老统帅的信众多半是地位卑微、生活困苦的人。这些可怜人聚在茶馆，其实是守卫一个死人的传奇。墓碑上的铭文写着："老统帅长眠于此。他那些必须匿名的信众们，挖了此墓，立了此碑，并有此预言：若干年之后，统帅将复活，带领他的信众从此屋出发，收复流放地。务必有信念，务必等待！"（226）探险家见状大惊，撒腿就逃，士兵和受刑人也想随他一起逃，追到岸边。探险家舞动一条大绳子吓唬他们，勉强遏阻。

四 奴隶、奴隶制、奴性

被逻各斯二元对立逻辑贬为"不在场"的奴隶（贱民），本是体系的受害者。而事情的诡异却在于：奴性十足的奴隶恰恰是体系赖以支撑的基础。体系的稳定乃至存在，必须让奴隶认同我尊你卑的"真理"，必须将体系的"真理"在被统治者的心里内化。流放地这样的体系既要镇压反叛者，又要在心理上奴役其子民。奴化是压迫和奴役的基本之道。体系的支撑需要奴隶，各种各样的奴隶。

想到体系或结构，我们通常将其存在与特定的办公地点或建筑物联系起来。这只是体系的外部。体系的真正存在取决于奴化（俗称"洗脑"）。奴化的前提：剥夺任何个性的言论自由，弱化其思辨能力，同时把体系中心的意志转化为简单易记的口号，使之深入人们的话语。这样，体系就在语言之内安营扎寨。所以，注意语言，可以识别体系试图内化奴性的证据。

前文提及流放地的若干口号，恰是流放地体系性的语言体现。在体系之外的语境里似乎是温和的词句，作为表述体系的体系性却是暴虐的。

"尊重你的上级！"听起来并无不妥，放在二元对立的尊卑秩序里，要求的是绝对服从。你不"尊重你的上级"，后果是将违规者送进杀人机器，送上断头台。

"要正义！"本身无错，中心却可以此为名滥杀无辜。体系的体系性高于人的生命。军官正是以此话为激励，不惜舍身忘我地殉体系，可见麻醉和愚忠有时候是同义词。

军官还对探险者说过一句话："My guiding principle is this: Guilt is never to be doubted."（198）这句话里的"guilt"既指强加于受刑人的所谓罪，又指和"原罪"有关的内心负罪。这个词在卡夫卡其他作品里频繁出现，通常指第二个意思。体系真理的内化，取决于能否在奴隶的心里种下"负罪"的种子。

流放地的奴隶有各种。士兵是一种。看着机器杀人，看着犯人受酷刑，日复一日，熟视无睹，无动于衷，忘记了受刑人是人，他自己也是人。

受刑人又是一种奴隶。他对残害自己的体制毫无认知。军官向探险者展示机器时，受刑人好奇地爬过来，和他们一起查看"耙子"的状况。如果说这时候他还浑然不知大难临头，那么后面他表现的奴性就不可原谅：他在机器上受尽折磨后被释放（军官为舍身取"正义"需要他腾出地方），马上就忘了，而且忘乎所以，为抢手绢和士兵滚打在一起。军官把自己置于杀人机器那一刻，受刑人突然发生兴趣，脸上露出微笑，似乎意识到军官将要受他受过的罪。他和士兵一起全神贯注观看军官被杀的每个细节。这可气坏了探险者，挥手让他们走开，受刑人却纹丝不动。

受刑人的奴性不只是冷漠，而是暴力受害者却爱上了暴力。

军官是另一种的奴隶。他是体制内的人，曾经和老统帅一起建立流放地，当过所谓法官，又是体系的卫道士，应该不是受害的一方。可是，他准确而牢固地自我定位在逻各斯中心之下，谈不上还有人性和正义感，他已经没有灵魂。历史上此类的奴隶甚多，所以有一个恰当的称谓：奴才。有才的奴隶，有做奴隶之才，主人一声唤，立即应答："奴才在。"奴才还在。

流放地最可怕之处，在于它依然拥有被奴化的信众。聚集在茶馆里闲谈的民众多是码头工人和社会底层的贫苦人。他们衣衫破烂，生活不会比受刑人更好,应该知道流放地的体系如何不公。然而,信众就是信众。流放地无论怎样荒谬,如何的暴虐,他们视而不见,继续传颂老统帅的恩德,守卫墓碑上写着的信念:"[老]统帅将复活。"

死人本不会复活,卑琐奴性的积累,却变成一种让死魂复活的力量。探险者在茶馆里看到的这一刻,是卡夫卡式的噩梦里最可怕也最黑暗的一刻。探险者一心只想逃走,我们陷入此梦,也一心只想醒来。

从真的噩梦中惊醒不难。从卡夫卡的噩梦中醒来还不太容易,因为情景太逼真,给人印象太深。我们一旦醒来,应该获得的是清醒。这种清醒可否讲得清楚?可以。

1784年,康德将不自由解释为"受人监护"(tutelage)的状态:"受人监护,指人无法在没有别人指导的情况下运用自己的理解力。"(Kant,1995:1)康德据此给启蒙下了一个有名的定义:人类从自身造成的受监护状态(self-incurred tutelage)中解放出来,就是启蒙。

康德还指出:不再受人监护有个先决的社会条件,即敢于并善于表达自己思想的人,必须是公民社会里的公民,必须受到言论自由的保护。

康德的清醒之后,人类清醒一阵,糊涂一阵。卡夫卡和德里达,都是康德之后继续呼唤我们保持清醒的声音。

第 六 章

尼采式转折:悲剧之力

尼采善阅读,细读某个哲学思想或体系之后,仅寥寥数语,可概括其精华,直逼其要害。他却从不追随某个体系,也不形成体系,而是用"视角变换的思辨"(perspectivism),风格机敏而灵活,丰润而深刻,犀利而不枯燥。

归纳尼采,有尼采那样的风格是再好不过。德勒兹(Gilles Deleuze)做到了。他写的《尼采和哲学》影响了当代西方的思辨理论。德勒兹深谙尼采的精神,因为他也像尼采擅长阅读。比如,他能通读康德,再用自己的话写短短几十页,把康德的思想讲清楚,甚至比康德表达得还清楚。思想史或许是在这样的转述中演变,魔幻似的。

接下来的两章,试用尼采和德勒兹那样的方法来解读尼采。解读《悲剧的诞生》,也不是只读一本书,而是借此路径,深入尼采的思想。本章题为"尼采式转折:悲剧之力",第七章题为"尼采式转折:解构'苏格拉底'"。这一章虽然不直接论述解构,却是尼采式解构的基础。

一 美学智慧和生命的穿越

通常认定伟人的标准,看他建立了何种体系,代表了什么真理,但是这个标准对尼采完全不适用。

尼采的至关重要,恰恰在于他不事体系,而且坦言"真理意志"(the will to truth)是哲学的误区。尼采之所以是解构的先驱,这一点

解构广角观 NEW COMPARATIVISM

是根本。

尼采从"生命意志"（will to life）出发，追问各种价值的基础，思考价值的价值。在尼采看来，被普遍接受的主体、知识、科学、真理等现代观念，缺少了古希腊民族那种饱满的生命力和欢畅的智慧。他提倡价值重新评估，引发各种反应和争论，一个多世纪以来，激浊扬清，毕竟获得更深的理解。当代的西方思辨理论（critical theory）视19世纪尼采的出现为西方思想史一个鲜明的转折，称之为"尼采式转折"（the Nietzschean turn）。没有这个转折，也就没有解构。

有一种不限于尼采的"尼采式的智慧"，源自希腊悲剧时代的精神，一脉相承至今，博大精深，为20世纪诸家所用，千变万化，足见其生命力。什么是尼采式的智慧？一言以蔽之：美学智慧（aesthetic wisdom）。"美学"（aesthetics）的根本含义是艺术创造之学（美与丑的判断只是其中一部分）。我们说美学智慧，盖因其出发点，视世间万物和人类所有活动为艺术创造，为最广义的"美学现象"（或曰艺术现象）。尼采对知识、真理、价值、主体、历史等的思辨，由此开始。《悲剧的诞生》就是这样开始的。其中还有一段名言，按Kauffman的英语版照录如下："…we may assume that we are merely images and artistic projections for the true author, and that we have our highest dignity in our significance as works of art—for it is only as an *aesthetic phenomenon* that existence and the world are eternally *justified.*"（52）"……不妨设想，我们不过是真正作者的影像和艺术投射，我们的最高尊严在于我们是艺术品而具有的意义——生存和世界永远都只能作为美学现象解释，才有价值。"（童明译，下同）

尼采出此言，旨在呼唤现代人能像古希腊人一样，以生命的本能来感受人类之本命、万物之生机乃是一种永恒不息的创造，是美学现象。非如此观，世界和生存便没有任何意义。

尼采特意介绍希腊哲学家赫拉克利特如何把这世界比作属于艺术家和孩子的游戏。宇宙间永恒的活火的游戏，宛似孩子在海滨嬉戏，垒砌的沙堆，成了即毁，毁了又造；孩子和艺术家相似，都是一时满足，一时又生新意，创造欲永不止息（见《希腊悲剧时代的哲学》

第 7 章)。世界如此丰富多样，层出不穷，乱而有序，冥冥之中莫非有"宇宙意志"（叔本华语，又译"世界意志"）所为之。尼采心里的"真正作者"，类似中国古书中所说的无象无形、漫漫无际的"真宰"。"真宰"也好，"真正作者""宇宙意志"也好，未必牵涉有神无神之争，而是比喻世界和生存是美学现象。

美学现象有两层意思。人类和世界万物皆为"真正作者"的艺术品，这是一层意思。而作为艺术品的人类又是艺术创造者，人类模仿"真正作者"的创造而创造，这是又一层的意思。①

视人类和世界为艺术品，并不是说这个世界止于至善。不完美才是真相。宇宙意志对于他的艺术品似乎漠不关心，至少是默然不置一词。休谟曾这样比喻：这世界是一位幼年神的粗糙之作，以后不屑修改而弃之；又或许，这世界是一位低级神灵的不成熟作品，受到高级神灵取笑而撒手不管；要不就是一位老眼昏花的神在他暮年所制作，此神死后也就留存至今（qtd. by Borges：231）。

木心写过一首诗，题为《魏玛早春》。其中有这样的神话：这世间花草万物，是诸神在一次盛大的竞技中留下的一些"不称意的草稿、残剩素材的拼凑物、误合物，都没有销毁，冷娴的神将密码像雨那样普洒下去，诸神笑着飞走了"（木心，1998：227-239）。

休谟和木心，似乎都得到了希腊神话思维的真传。希腊诸神有人类的特点，像人类一样有生有死，也受命运摆布，希腊神的故事因而凄美动人。在古希腊，神话和悲剧恰好是孪生兄弟。起初的悲剧讲的都是神话的故事。

世界如此，人类也是如此。美而不完美，不完美而美，也是美学现象。

人类凭着生命意志滔滔不绝，宇宙意志永远保持沉默。有时候，在希腊或莎士比亚的舞台上，那个"人"终于不语，默默与宇宙相对，他的沉默倒是与宇宙有几分相像。

---

① "美学现象"这其一和其二，类似于希腊哲学中的"首要成因"和"次要成因"（primary causality and secondary causality）。

解构广角观
NEW COMPARATIVISM

　　人的语言带有人的愿望，也难免有人的偏见。我们说生命（life），必先想到"我"的生命，个体的生命，以及个体所经历的生、老、病、死、苦。这是生命无疑，不过，就古希腊的、尼采的美学智慧而言，生命（life）更重要的含义超出个体生命的周期甚至人类界限，那是贯彻宇宙之间一股生而灭、灭又生、源源不绝、千变万化、无穷无尽的生机。古希腊民族称这种生命观为酒神生命。

　　这整体生命，这新旧交替的往返循环，包括了"我"的毁灭，"我"如何能肯定它？想到这一点时，"我"处在哈姆雷特犹豫的那一刻。当哈姆雷特不再犹豫时，他替人类做了肯定的回答。能否"肯定生命"（affirmation of life），也就是说能否肯定整体的生命，是个人和文化的生命力弱与强的试金石。

　　古希腊人在酒神音乐（dithyrambic music）的陶醉中、在悲剧英雄的勇敢担当之中，反复体验"生命的肯定"，以酒神的酣畅饱满构筑希腊灵魂和文化。西方历史上，因为思考"我"的毁灭也许包括"我"再生的可能而产生了"永恒的循环"（eternal recurrence）这个神话。现代的尼采（还有博尔赫斯等作家）重提"永恒的循环"，意味着：现在的"我"和过去与将来的"我"认同。这是个体生命和整体生命交织的一个变奏。

　　尽管尼采没有这样说，我们试用"穿越"（crossing-over）和"交融"（crossing）的说法，或许更能准确表达尼采的本意。

　　"生命的肯定"谈何容易！"我"的灵魂需要有勇气、有机缘，方能穿越有限的个体进入无限的整体，穿越当下的时空进入超历史的时空。灵魂进入穿越，有情的生命和无情的整体（宇宙间永恒的生命力）恍惚交融为一体，正是希腊悲剧的境界。crossing 有交配繁衍的含义。

　　穿越是既痛苦又喜悦的经历，是人类情感的极致。东方的"持平常心"论，不去这个境地。

　　痛苦，因为个体的概念乃是个体生命的依存，一旦被整体的生命摧毁，我势必如丹麦王子，仰首问无情的天：我是谁？然而，个体概念被撕裂，又使我抵达永恒循环的生命境界。我在难以描述的一刻感悟：即便有死亡，生命意志不可毁灭！由此而心生喜悦。尼采说：
Amor fati！爱命运！

尼采称这样的感悟为："欢乐的肯定"（joyful affirmation）。说出 *amor fati* 的"我"已非"我思之我"，*ego ergo cogito*，而是"命运之中的我"，*ego fatum*。

用"穿越"来补充尼采，补的是尼采想说而没有说的话，那就是：获得"喜悦的肯定"（joyful affirmation）有一个必不可少的过程。德里达也强调尼采的 joyful affirmation，可惜不曾提过获得"喜悦"的过程，仅以游戏文本的快感解释，离美学智慧就远了。

尼采式的美学是力的美学。其实，"力"（power）的含义就是"肯定"（affirmation）。肯定生命，为宇宙间的美学现象而喜，也就为创造性的人生而喜。东方人说：法喜禅乐。法喜是磨砺之后对世界和生存的感悟，法喜在前，才有所谓禅乐可言。没有法喜而称禅论乐者，终究不知道乐的是什么。没有生命意义的幸福是什么幸福？

古希腊民族对人的生存不无悲观，而参透了世界是永恒的创造之后其美学智慧又是乐观的，充满欢乐。尼采的哲学，也是这种悲观与乐观、欢乐与痛苦并存的二律背反。

聆听《第九交响曲》第三乐章（《欢乐颂》合唱之前的乐章），感悟人类的灵魂穿越在无限之中，于是有情和无情、有限和无限、悲观和希冀、和谐和不和谐，一起融汇为悲壮清曲，悠悠天籁。贝多芬的音乐和希腊的酒神音乐是同一种语言，亦即人类意志获得尊严的语言，使得微末的人类不再微末的语言。

古希腊人上演戏剧，向自己也向诸神（宇宙意志）展示穿越的所感所悟，其实也就是展示生命意志。生命意志是力的意志。力量，来自整体生命观的充实感；那循复往返、源源不绝、千变万化、无穷无尽的生命烘托人的精神，使人伟大起来。另外，生命意志又是对宇宙意志的忤逆，因为若完全附丽于宇宙意志，人是绝望的。换一种说法，人面对永恒循环的生命，既自感谦卑又不失尊严；作为"真宰"的艺术品，人微不足道；而意欲参与创造，与苍天比美，人至少想在美学上争个创造者的名分。生命意志使人在美学现象中具有双重身份,是艺术品,又是艺术家,是被造之物,又是创造者,渺小,又伟大。希腊的舞台不断演示这双重身份之间的冲突。生命意志于是充满张力。

什么是"生命意志"?就是"强力意志"(will to power)。will to power 中的 power 是生命意志本身的力,并非使人堕落的"权力"。"权力意志"的译法滋生了太多的曲解误解。

尼采为什么质疑西方哲学传统的"真理意志"?因为"真理意志"是忘记了"生命意志"的意志。

柏拉图以降的哲学传统,其"真理意志"追求的是不容置疑的价值和知识。从美学智慧出发来看,人类社会出自各种愿望,解释现象,设定价值,创造秩序,产生知识(包括科学知识)。既然知识或价值产生于人类和生命之间的互动,产生于人的美学潜能,就不可能一劳永逸,一成不变。当有些知识或价值升级为真理(包括以科学为名义的真理),升级到只能让人相信而不容置疑的地位,知识或价值的美学源头就被忘记。当现代人为"真理"激动的时候,有可能已经把"真理"和"艺术"视为对立的两端。

重真理轻艺术,忘却生命的真相,以僵死的价值胁迫活的生命,在我们的世界并非罕见之事。

知识或价值必然有其逻辑结构,但是将逻辑和人性剥离,将由此建立的体系真理奉为完美,排斥与之不协调的事物,全然忘记生命的真相和本质。试问:符合逻辑而违背生命、压抑人性的体系有没有?有多少?柏拉图以降的西方哲学传统,把自成体系的一种逻辑(理性)看得比多元和变化的生命更重要,正是"真理意志"的症结所在。尼采主张,从肯定生命的美学智慧出发,以"变换视角的思辨"对待知识和价值。

尼采不事体系,并非因为不熟悉体系,而是研究各种体系之后自主的"不事"。他质疑真理意志,也并非否定有用的道理、知识和科学。可借老子的话表达尼采的意思:舍弃生命之力而求真理,所得之道非大道也;其可道之道,被某种逻辑和语言禁锢之道,绝不是生命的悠悠大道。

二 悲剧精神的记忆

上面一节说到美学智慧、美学现象、宇宙意志、生命的肯定、穿越和交融、生命意志、强力意志，虽然没有刻意用"悲剧精神"这个词，讲的就是尼采所记怀的希腊悲剧精神。尼采《悲剧的诞生》的要旨，点到这里可以为止。止于此，是东方的简约。若试试西方人的风格，则是忘言仍欲辩，即便是沉默，也是两次滔滔不绝之间的沉默。

若问：力是悲剧的核心？

答：在古希腊，在莎士比亚，确实如此。

再问：难道悲剧不是指十分悲惨的事吗？不是指人的灾难、苦难、死亡，等等？

答：甚至现代词典也支持您这样的想法。Webster 词典的定义，悲剧是"这样的戏剧……展开其主角和强大的力量（如命运、环境、社会）之间的冲突，抵达一个悲惨和灾难的结局"（*Webster's Third New International Dictionary*，*Unabridged*［1961；1993 revision］）。对现代人来说，悲剧是悲惨和苦难，是"灾难的结局"，几乎不言而喻。

不过，这样的定义实实在在是错了。就希腊文化而言，悲惨遭遇、苦难经历、灾难性结局、死亡等，本身并不具有悲剧性。狭小的灵魂看到的苦难、灾难、死亡不是悲剧，一定不是悲剧。只有对苦难和死亡有特殊感受力的灵魂才具有悲剧性。

问：悲剧精神是什么？请再说一次。

答：伟大灵魂对生命的所感所悟。对生存的悲观，反而感悟到生命，生命力充盈而溢出，源源不绝，酿成充满张力的诗句和音乐。通常文字表达通常的情感。但是，悲剧表达的情感不寻常，使通常语言失灵。超越通常的语言限度的语言才是诗，才是音乐。

问：奇妙。可这是悲剧吗？为什么如此生疏？

答：这样问，说明悲剧精神已经被淡忘。我们所处的现代，是该亲近的被疏远,该疏远的反而成了习惯。

问:在现代,就没有悲剧精神?

答:有。如果文艺复兴算作早期现代,莎士比亚是最伟大的现代悲剧家。莎士比亚之后,悲剧的精神活在伟大的现代音乐(如贝多芬)和现代文学艺术中,活在伟大的灵魂里。别忘了,尼采也是现代人,这是另一种的现代。然而,现代体系以"光明进步"的虚假乐观所编织的价值中,悲剧精神不是核心。有些被称为悲剧的现代戏剧,其实不是悲剧。尼采举现代歌剧文化为例,认为歌剧的音乐完全不是悲剧的音乐。

问:记忆中,希腊悲剧和悲剧精神应该是怎样的?

公元前5世纪,是希腊悲剧的全盛时期。到了公元前4世纪,亚里士多德写《诗学》的时候,悲剧还在上演,而雅典的悲剧文化已成往事。亚里士多德在那个时候为悲剧做了个至今为人们耳熟能详的定义:"悲剧是对一个高尚和完整行动的模仿,具有相当规模……通过再现令人悲怜和害怕的事件,获得对这些事件的解脱(catharsis,也可译为:净化)。"(Aristotle,2007:63)亚里士多德研究的是后期悲剧的形式,戏剧情节的形式,却没有回答和悲剧的内容相关的问题:悲剧的精神是什么?为什么人们从悲剧中得到愉悦?他的定义把悲剧本质和剧情发展混为一谈,造成后世的人误以为"灾难的结局"就是悲剧。

尼采是从理论上回答这些关键问题的第一个现代人。书的全名"悲剧诞生于音乐精神"已点明主题。① 这个说法符合悲剧的历史起源。亚里士多德在回顾悲剧发展史时,也提到悲剧起源于音乐②;不过,在他列举的悲剧六要素里,音乐旋律排在第六位。

悲剧诞生于狄奥尼索斯(简称酒神)音乐。和祭典酒神相关的歌舞、音乐、神话、仪典庆祝都体现着酒神音乐的精神。和酒神有关的神话故事和诗歌,又常是载歌载舞表演的。尼采因此用了许多和酒

---

① 第一版的题目。再版的题目是:悲剧的诞生:希腊精神和悲观主义。
② 《诗学》第四节提到悲剧起初是酒神赞美歌的领歌人的即兴之作。

神相关的故事来说明音乐精神。

"悲剧"的希腊词源，tragoidia（对照现代英语的 tragedy），意思是："宰羊献祭时唱的歌（song delivered at the sacrifice of a goat）。"（Zimmermann，1986：7）这和现代人的悲剧观迥然相异。我们从神话和仪典得知，酒神由希腊自希腊之外的"东方"引进；它是农业的神、自然界的象征、凡间女子和宙斯之神的儿子，又是尽情欢庆生命力的契机。酒神的信徒载歌载舞，结队游行，陶醉在半人半羊的萨提儿（Satyr）的自然形象中。萨提儿是酒神的伴侣，林子中的牧笛手，雄壮的躯体，强壮的阳具，代表的是尚未被人类的知识所弱化的自然生命力。酒神的信徒在歌唱时，想象自己是萨提儿这样充盈着自然生命力的精灵。尼采说，悲剧合唱队由萨提儿的合唱队演变而来（Birth，第 8 节）。

与酒神庆典同时存在的，还有演唱酒神赞美诗（Dionysian dithyrambs）的吟游诗人。据说，第一个悲剧诗人是生活在公元前 6 世纪的狄斯比斯（Thespis），他善写酒神赞美诗，四处旅行、演唱。酒神赞美诗的演唱和悲剧并存，相互影响，一直延续到公元前 5 世纪中叶。希腊人建造了酒神之城之后，每年举行酒神节，在半山腰开出的圆形剧场里演唱悲剧。起初的悲剧沉浸在酒神祭典的氛围里，神话和英雄时代的人物在歌与舞中再现。酒神节举行悲剧竞赛，由负责宗教事务的行政长官组织，在酒神节最后三天上演三个悲剧作家的剧，每天四部剧，第四部是萨提儿剧，以比较轻松的格调缓冲前面三部剧的震撼。悲剧的创作非常之丰富，一部剧从不演两次的规矩到公元前 456 年以后才改变（以上参见 Zimmermann：1986，1 - 12）。悲剧在公元前 5 世纪进入辉煌期，整个希腊民族参与其中，形成雅典的悲剧文化。悲剧的感染力量之强，以至于一场演出竟可吸引 3 万多名观众。从希腊剧场的废墟中，仍然可以窥测到当年的盛况。

尼采专注酒神音乐，亚里士多德着眼情节。尼采之说更接近悲剧的精神。鉴于希腊的剧本只有少数留了下来可作文本分析，而当时的编舞和音乐曲调却永久遗失，不可复得，所以，尼采论述希腊悲剧，靠的是他和希腊之魂的神合。

解构广角观 NEW COMPARATIVISM

何为酒神音乐的精神？尼采说，了解酒神和日神两种冲动的交互作用，便可直观艺术的生成过程。日神的冲动是梦的艺术；酒神的陶醉所激发的原始生命力，日神给予形状、意象、形式。酒神代表尚未成为形式的现实（unformulated reality），日神代表形成形式的现实（formulated reality）。日神的形式，让我们在瞬间的和谐中看到了世界不和谐的真相（酒神现实）。反过来说，艺术中神秘的张力是酒神冲动，它暗示和谐或秩序是短暂的幻象。酒神和日神之间如此的相互作用，说明美学智慧，玄之又玄，变化无穷。

通常对酒神和日神的解释，忽略了它们也是两个彼此相关的生命观：酒神代表永恒循环的、无限的生命，日神代表个体的、有限的生命。悲剧剧情虽然变化甚多，令人震撼的片刻，总是展现"个体原则"被粉碎，剧情进入酒神生命之时。

尼采借用叔本华在《作为意志和表象的世界》第一卷里的一段话，比喻日神代表的"个体原则"（亦即个体的生命观）："喧腾大海，浩渺苍茫，排山的巨浪此起彼落，咆哮不已，有一舟子坐在船上，信赖他的一叶扁舟；与此同理，一个人能平静置身于苦难的世界之中，依赖的是'个体原则'。"（*Birth*：35–36）这个比喻很生动，说明我们如何依赖"个体原则"（代表某种秩序的逻辑），而"个体原则"在生命大海里又何等脆弱。

悲剧让我们看到喧腾大海和一叶扁舟的反差，进而看到"翻船"那一刻。就人性而言，"翻船"令人难以接受。然而，这粉碎"个人原则"、抹去日神和谐的一刻，却是悲剧之分量，这就是个体生命必须面对的永恒循环的生命。德勒兹对这一段的解释直言不讳："［酒神］……粉碎个人，把他拖到大沉船上，让他重归太初。"（"Dionysus… shatters the individual, drags him to the great shipwreck and absorbs him into original being."）（Deleuze，1983：11）

尼采说："个人原则"被粉碎，先是惊骇，接下来是喜悦。

何故惊骇？因为面对整体的生命力，以往足以依赖的理性失灵。

喜从何来？个体与"真宰"与万物重归一体（"重归太初"），我已忘我，心醉如酒，于是感悟到存在即美学现象。

第六章 尼采式转折：悲剧之力

实际生活中，一个高尚的人需要几十年锲而不舍的追寻，穿越许多的事，才有可能遇到生命真相被揭示的那一刻。穿越是理解生命真相必需的过程。悲剧舞台缩短这个过程，让我们在音乐的激励之下直观悲剧人物在惊骇的瞬间完成穿越。观看悲剧而能进入喜悦的肯定，需要健康的心智和文化。

叔本华透辟却自弃，走向苦行哲学。尼采写《悲剧的诞生》时，已经在质疑叔本华。在尼采心里，酒神精神毕竟高于叔本华，贝多芬毕竟高于瓦格纳。他借用叔本华的话时，显得有些犹豫。我们以"穿越"之说予以补充。

实现穿越：日神成为酒神的载体，酒神生命通过日神得以体现；本来沉默的宇宙意志发声了，还是人对宇宙意志的模仿（simulacrum）？是人臣服于真宰？抑或是人的忤逆？奥狄浦斯在说什么？

《悲剧的诞生》第一句，提示日神和酒神的关系，如男女之间为生育繁衍产生的情爱，冲突不断，只有间歇性的和解。可见，穿越达到的交融与和解，乃是冲突张力犹存的和解。

酒神赞美诗、萨提儿合唱、希腊神话、希腊文化的整个架构，在透出穿越中既交融又冲突的信息。

合唱（chorus）歌舞队的表演引导观众跳出剧情，做超出个体生命局限的思考，体验穿越，经历"翻船"。合唱在戏剧发展史上演变为各种的歌舞和叙述形式。莎剧里的独白便是由合唱演变而来，是酒神发声的形式。

比如，哈姆雷特的这一段："人类是一件如何了得的杰作！如此高贵的理性！如此伟大的力量！如此优美的仪表！如此文雅的举动！行为上多像一个天使！智慧上多像一个天神！宇宙之精华！万物之精灵！可是在我看来，这一个泥土塑成的生命算得了什么？"（第二幕，第二场）（What a piece of work is a man! How noble in reason, how infinite in faculty! In form and moving how express and admirable! In action how like an angel, in apprehension how like a god! The beauty of the world. The paragon of animals. And yet, to me, what is this quintessence of dust? Man delights not me. No, nor woman neither, though by your smiling you seem to say so.）

听到夫人离世噩耗的麦克白感叹:"明日,明日,复明日,每日如此缓行漫爬,一直行至时间的最后一个音节;我们所有的昨日,为愚人照亮了步入死亡尘土之路。灭吧,灭吧,短暂的烛光!人生不就是个跌撞的影子,一个可怜的演员,在台上慌张忙乱一阵子,然后消失,悄然无声;人生是痴人讲的故事,充满喧嚣骚动,终是一场空。"(第五幕,第五场)（Tomorrow, and tomorrow, and tomorrow, Creeps in this petty pace from day to day, /To the last syllable of recorded time; /And all our yesterdays have lighted fools/The way to dusty death. Out, out, brief candle! /Life's but a walking shadow, a poor player/That struts and frets his hour upon the stage/And then is heard no more. It is a tale/Told by an idiot, full of sound and fury/Signifying nothing.）

莎剧里有对生命整体的领悟,也有对生命整体的质问;其中的穿越信息让我们感到个人的微弱,又感到有限融入无限之后的力,恍惚在叔本华的船上,听到喧腾的大海,此起彼落的排山巨浪。

希腊文化的整个结构,也是穿越的例证。奥林匹斯山的壮丽雄伟由何而来?尼采说,如果把以日神为表现的希腊文化大厦一砖一石地往下拆到地基,我们会发现有一个神话故事是希腊文化的基石。传说麦达斯国王（King Midas）为获得人类的最终秘密,费尽心机总算抓住西力纳斯（Silenus）,酒神的伴侣,逼迫这个精灵说出那秘密。

西力纳斯笑而告知（试用汉语转达）:"苦哉人类,须臾之间的浮生,受造化摆布的苦难之子,何苦逼我说出你等最好不要听的事?世上至善之事你等完全得不到:不降生,不存在,存于太虚。若有次善一途,那便是:及早断灭。"(Birth:42)

希腊人感觉到生存本身的恐怖（the horror of existence）,却以生命意志的快乐（cheerfulness）创造了奥林匹斯山的诸神。诸神的世界体现了希腊人应对生命的勇敢和机智:泰坦神透出人对自然力之残酷的看法;普罗米修斯是人类的朋友,为了人类忍受秃鹰的折磨;命运三女神无情而且深不可测。诸神过着和人类相似的生活，担当起人类的苦难。人和宇宙在希腊神话中交互共存。与其他的宗教文化相比，人和神在希腊的想象中比例正好。

何为酒神音乐的精神？不妨反问：什么样的倾向不是悲剧精神？

叔本华问：难道生存有任何意义吗？这一问，叔本华似乎成了现代的西力纳斯。不过，希腊神话中的西力纳斯是不把人类放在眼里的神，而希腊人是为了反驳西力纳斯而上演悲剧的。叔本华被自己的问题问住了，止步于悲观。尼采指出生存和世界的意义在于它是美学现象，已经走出了叔本华，完成了他对西方精神史的思考所不可或缺的穿越。

走出叔本华的尼采为什么引用叔本华？因为叔本华的悲观主义恰恰是西方理性主义传统（理性优先的传统）所缺少的。这个传统以理性推演获取乐观的结论，以此回避生存的真相。启蒙运动的"光明进步"观是这种理性乐观的现代版。现代人通常视这种理性乐观、光明进步为理所当然，其实是因为悲观不起。避苦趋乐自然是人性，但是理性优先传统从一开始就以回避生存的根本问题，以"辩证法"编织否定生命的知识思维，以"真理意志"取代了"生命意志"。

尼采借希腊悲剧之力指出，这个价值体系从根本上是虚伪的。"上帝之死"的故事梗概如下：西方的最高价值因为自身的缘故而终于贬值。

西方主流价值体系是柏拉图理性传统和基督教道德传统的结盟。后者也是和悲剧精神格格不入的。尼采在《悲剧的诞生》中对基督教传统着墨不多，他这样写："任何人如果心怀另外一种宗教走近奥林匹斯的诸神，想在那里找到什么道德的提升，甚至是圣洁、脱离肉体的精神、慈善和怜悯，很快就会失望至极，转身离去。因为这里没有什么会使人联想到苦行、修身和义务。我们听到的是丰满而凯旋的生命之声，一切的存在，或善或恶，都是神的存在。"（*Birth*：41）这样写，批评的分量已经够了。

什么是悲剧精神？有力量的悲观主义（pessimism of strength），

以悲观为基础的快乐的智慧（joyful wisdom based on pessimism）。那么，悲剧精神被淡忘，这件事和西方的理性知识传统、基督教道德传统的关联是什么，答案呼之欲出。

第七章

尼采式转折:解构"苏格拉底"

一 苏格拉底和悲剧之死

《悲剧的诞生》以三部曲为结构:悲剧诞生、悲剧之死、悲剧再生。

第六章讨论了悲剧诞生于酒神文化的音乐。与酒神音乐相关的美学智慧乃是悲剧的本质。本章从悲剧之死和悲剧再生谈起。

悲剧之死和悲剧再生都和"苏格拉底"有关。"苏格拉底"加引号因为他是个"figure":a historical figure, a literary figure, a symbolic figure(历史人物、[柏拉图对话中的]文学人物,也是一个象征符号)。他象征着自古希腊到现代的一种影响广泛的思维方式。

尼采针对的并非苏格拉底个人,而是他代表的思维方式以及由此产生的柏拉图的真理概念。《悲剧的诞生》写于1870年,正式出版于1872年。其实,在1871年,尼采还在巴塞尔私人出版了一本书,题为《苏格拉底和希腊悲剧》,内容和《悲剧的诞生》相仿。可见,某种意义上,尼采是因为苏格拉底写的《悲剧的诞生》。

悲剧之死,若一言以蔽之,是苏格拉底代表的倾向所致。形象地说,希腊悲剧并非自然衰老而死,而是"被自杀"而死。

苏格拉底用辩证推理回避生存的悲观主义而获取乐观。他所说的"快乐"不同于体验酒神生命获得的"快乐"。换言之,他的"快乐"缺失了酒神生命的底蕴。苏格拉底惧怕酒神,经不起悲观,用特殊的"乐观"谋杀了悲剧。尼采说得明白:"乐观的辩证法以逻辑

三段法施虐,将音乐从悲剧中驱除。"(*Birth*:92)

而悲剧的再生,取决于苏格拉底式的理性能否重新融入酒神音乐的精神。尼采说,若要悲剧再生,苏格拉底应实践音乐。这个形象的说法,代表的是解构真正的含义。

尼采之所以对苏格拉底一究到底,因为此事关乎悲剧精神的复兴,关乎思想史的走向。

"苏格拉底"既然是个 figure,是个比喻,尼采直呼苏格拉底的名号,质疑的是他和柏拉图为代表的西方理性传统,以及这个传统的现代版,也就是启蒙运动体系化了的现代价值(又名体系化的现代性)。

在《悲剧的诞生》里,尼采把悲剧之死和欧里庇得斯(Euripides)联系在一起时,目标还是苏格拉底。欧里庇得斯和埃斯库罗斯(Aeschylus)、索福克勒斯(Sophocles)并列为希腊三大悲剧作家。

尼采并没有说欧里庇得斯本人置悲剧于死地。他在重复古希腊流传的一个故事:在欧里庇得斯和埃斯库罗斯的竞争中,苏格拉底曾设法影响欧里庇得斯,使他的悲剧主要以逻辑而不是音乐的精神构建情节。这种说法基于一个事实,那就是苏格拉底当时对一部分雅典青年的诱惑力很大。当希腊有些人以贻害青年的罪名谴责他,并以简单多数这种幼稚的民主判他死刑时,苏格拉底选择不挑战这不公正的判决,他因此成为许多雅典人眼中的烈士。柏拉图本是很有天赋的诗人,还曾经写悲剧,可是在苏格拉底的影响下他销毁了自己的悲剧作品。

尼采提及苏格拉底对欧里庇得斯的影响,却对柏拉图对话里的一件事一笔带过,大概是那件事已经众所周知。其实,重提此事很是要紧。那就是:《理想国》第十章里,柏拉图通过苏格拉底的口,指责以荷马为代表的悲剧诗人,同时彻底否定了诗和悲剧,判了悲剧死刑。

苏格拉底之死,对人类民主发展史来说是个冤案。悲剧之死,就整个人类思想史而言又是一个冤案。这两个案子都冤情重大,但是,前者后人常提到,而在尼采之前,很少有人注意悲剧之死的冤案。

第七章 尼采式转折：解构"苏格拉底"

许多现代人都误解以为，苏格拉底和柏拉图代表古希腊文化。事实上，悲剧才是古希腊文化之精髓。在苏格拉底之前的悲剧时代，希腊人的美学智慧和他们博大的生命观相辅相成；神话、悲剧、哲学（柏拉图之前的哲学）并存。酒神节期间，雅典的名人望族看完悲剧之后设酒宴庆贺，席间，宾客中的智者高人谈论起悲剧引起的话题，娓娓道来就是哲学。美学为主、哲学为辅是当时的风气。柏拉图的《宴饮篇》（*The Symposium*）描述的就是这种情形：在座饮酒者众多，而论道的高手有七位，苏格拉底是其中之一。

反酒神精神的苏格拉底在希腊出现起初是个异数。后来，柏拉图受他的影响否定了艺术和悲剧，建立起新一套理性体系，本质是反希腊的。

从苏格拉底和柏拉图之时起，美学和哲学被割裂开来，相互对立。不仅如此，现象和本质对立，知识和解释对立，理性和艺术对立，灵魂和肉体对立，真理和生命对立，如此等等。二元对立用以推演理性、生成知识，延续西方价值体系两千多年，虽然出现危机，却并没有结束，而是继而以理性、本体、人类中心、进步等现代价值继续其影响至今。重新评价这个传统关系重大。

苏格拉底和柏拉图建立的是一种辩证唯心哲学。如今国内的思维习惯，是排斥唯心而认可辩证。这一排斥一认可，在无意间还是视艺术和理性为对立的两端。暂不去追究为什么会这样，不妨先问：何为"唯心"？

"唯心"不可笼统地否定。人类的愿望或欲望借助于想象和抽象的能力来表达，就是所谓"唯心"。这是人的美学本能，艺术中称为"虚设"。举一例：1819年4月济慈23岁的时候写下《夜莺颂》一诗。诗里，那只但闻其声不见其影的鸟代表不死，与济慈感觉到即将来临的死亡形成对照。博尔赫斯曾经说，济慈听到的夜莺就是奥维德（Ovid，43 BC—17 AD）和莎士比亚（William Shakespeare，1564—1616）笔下咏颂的永恒的夜莺。奥维德、莎士比亚、济慈是三个不同时代的人，说济慈听到奥维德和莎士比亚时代的夜莺，那是艺术的虚拟手法，具有永恒的含义。不过，如果把这里的夜莺看成真实，甚至是唯一的真实，那就忘记了艺术为何物。

苏格拉底偏偏是这样。他和柏拉图想象出一个由概念与纯粹形式构成的世界。如果他们像济慈或博尔赫斯那样演绎这种概念，也就不乏诗意。无奈二人竭力把虚的说成实的，把想象中的概念世界说成是唯一的"真实的世界"（the real world），是"真理"的源头，并借此否定一切艺术。他们的错，恰恰在于忘记了"唯心"属于美学范畴。可悲的是，他们又把这种遗忘奉为"理性"。

《理想国》第十章里，苏格拉底举例："桌子的概念"是"真实的世界"里的"原件"（original），而具体的桌子只是对"原件"的"模仿"（imitation）。

这里的"桌子的概念"是"原件"，"原件"即为"真理"（truth）。何为"知识"（knowledge）？那是"知道"（know）这种"真理"的意思；拥有"知识"也就拥有了"真理"。

谁配拥有"真理"？圣贤、哲人如苏格拉底、柏拉图。柏拉图以后，神学家、一些科学家和理论家也跻身此列。

苏格拉底和柏拉图认为，依照"桌子的概念"做出桌子的木匠是"模仿者"（imitator）。"模仿者"并不拥有"知识"和"真理"，他只能"解释"什么是"真理"，而"解释"和"模仿"都是低于"知识"的行为。

做桌子的木匠已经脱离"真理"（"桌子的概念"）一段距离，照着木匠的桌子画桌子的画家，是对模仿的模仿者，离"原件"和"真理"更远。

谁是"模仿者"？艺术家、诗人、悲剧作家，例如荷马（荷马在《理想国》第十章被点名予以否定）。

前面说过："桌子的概念"是"真实的世界"里的"原件"这件事，原本是虚设的，就像济慈的抽象的夜莺一样。苏格拉底和柏拉图二人把虚的说成真的，把实的（桌子）说成假的。

"桌子的概念"只是概念世界中的一例。概念世界是"真理"和"知识"的所在之地，所以是"真实的世界"。如何确认这是"真实的世界"？因为这是"上帝"的管辖区。何以见得？因为苏格拉底和柏拉图（他们是立法者）已经说了。

听苏格拉底做推理就像乘过山车，你越晕，越觉得高深莫测。这个推理的方法名曰二元对立（binary opposition），又称辩证法（dialectical reason）。

苏格拉底代表的辩证法无视人们对一件事有多种感知，而是将事物一分为二，预设了尊卑、优劣、好坏、善恶、真假。因为我们使用语言时习惯二分法，所以辩证法听起来头头是道。

试用苏格拉底的例子来问苏格拉底。

问：为什么做桌子的木匠、画桌子的画家只是模仿者？难道他们不掌握桌子的概念，不是"知识"和"真理"的拥有者？

苏格拉底会答：因为他们都是艺术家，不是哲人，哲人掌握真理，艺术家模仿和解释。

问：为什么模仿和解释不能产生概念与真理？

答：模仿和解释使真理与知识扭曲、变形。如此等等。

苏格拉底会二元对立的辩证推理，在他设定的二元对立里，落入圈套，你怎么也赢不了。

苏格拉底、柏拉图提出二元对立辩证法的直接原因，是借此否定古希腊的悲剧文化。在《理想国》第十章的篇首，苏格拉底对格劳孔（Glaucon）的一段话，欲置悲剧和艺术于死地的意图昭然若揭，只是这段话写在开始，我们一时不明白他的"模仿""模仿族""原件""知识"所指为何；现在我们知道了他的词汇，也就明白他的意思。苏格拉底对格劳孔说："……我们拒绝承认模仿式的诗，那是绝对不可接受的……因为你不会在悲剧作家和其他的模仿族那里告发我，所以我私下告诉你，一切诗意的模仿对听众的理解都是有害的，除非他们拥有代表原件之实质的知识，那才可以抵制模仿。"（Plato，2007：30）

预设了理性为优、艺术为劣，苏格拉底和柏拉图进而否定荷马这样最受希腊人敬仰的诗人。他们怎么证明荷马没有"真理"和"知识"呢？老办法：师徒设定政治高于艺术的二元对立，然后说荷马没有从政的经验。可见，这种辩证法是可以把无理说成有理的方法。

荷马因此蒙冤，悲剧因此冤死。

　　苏格拉底式对话是以二元对立为基础的辩证法的实例。换言之，苏格拉底式对话并非有对话诚意的对话。和苏格拉底对话的人，只有插话表示赞同的份儿。法国哲学家皮尔·哈多特（Pierre Hadot）说："在'苏格拉底式'对话中，与苏格拉底对话的人什么也学不到，苏格拉底也不想教他任何东西。"（Hadot, 1995：89）据传说，雅典人常见到苏格拉底一人站在街头，仰首皓天，滔滔不绝几小时，好像在索取上天的真理。若有人不慎向他提问，算你倒霉，你只得忍受苏格拉底的"对话"了。

　　"唯心"并不是苏格拉底、柏拉图哲学的要害。要害是他们的"唯心"成为真理，借助辩证法蜕变为魔咒。

　　二分法造成了后世脱离美学思维的知识观、真理观、主体观、世界观。由于中国人长期受这种辩证法的影响，实质和现象、唯物和唯心（心与物）、主观和客观、主体和客体等二元对立也成了思维习惯。人们会认为"知识"要比"解释"可信。冠以理性、科学、真理之名的理论让人放心，对理性、科学、真理的质疑让人心生恐惧。苏格拉底的幽灵仍然徘徊在全世界。

　　尼采对西方历史思考的一个亮点，是指出苏格拉底、柏拉图师徒用辩证法推广的"真实世界"后来成了西方的最高价值。在《偶像的黄昏》里，尼采用一页纸的篇幅归纳了自柏拉图以来的一段谬误的历史，题为："真实世界最后怎样成了迷思。"（"How the Real World at Last Became a Myth", *Twilight of the Idols*：40 - 41）

　　不妨把尼采那一页纸上的话加以归纳并延伸，写在下面。

　　什么是"真实世界"？最初，据说是上帝统领的概念世界。由此演变，"真实世界"是真理的发源地，超验意义（transcendental signified）之所在。超验的世界成了真的，经验的世界成了假的。

　　"真实世界"为基督教道德传统所用，成为"天国"。"天国"被说成是真的，今生今世就成了假的。

　　最初，据说只有少数德高望重的智者可以进入"真实世界"（the real world），以后（此处我们开始延伸），"真实世界"也向各种倾心于"真理"体系者开放，于是，信众成千上万，口称阿门，高呼万岁。

"真实世界"也称为真理的圣地、宗教的天国、道德的净土。无论是哪种情形，信众个个乐观（至少不承认悲观），因为他们共享的辩证法提供了真理级的知识。

尼采在《悲剧的诞生》中举了一个延续至今的苏格拉底命题："美德就是知识；人的有罪出自无知；有美德的人是幸福的。"（Birth：91）前面已经讨论了苏格拉底的"知识"。以此"知识"作为美德，那么，没有这种"知识"的人活该受罪，沦为奴隶。这个命题不仅适用于教徒，也适用于现代乌托邦的信仰者。例如，19世纪俄国的车尔尼雪夫斯基就延续这个说法构建美好新社会，其实是从欧洲启蒙运动借来了苏格拉底式的理性和命题。陀思妥耶夫斯基（尼采称他是"唯一有教于我的心理学家"）看穿这是个伪命题，在《地下室手记》中予以驳斥。陀思妥耶夫斯基认为，车尔尼雪夫斯基继承了理性唯一和工具理性的传统，在过分简单化的人性观（亦即人性只有逻辑理性）的基础上，设想了一个"人人为我，我为人人"的美好社会，其实质是真正的无知。《地下室手记》也提到，车尔尼雪夫斯基沿用了苏格拉底的命题。

辩证法所提供的乐观，是类似吗啡、鸦片或迷幻剂提供的乐观。通过二元对立的虚设，"真实世界"的信徒可以回避生存根本之悲观。辩证法使他们乐观，可以有"理由"不理睬生存的真相，无视生存中的真实人性。

根据苏格拉底命题，"真实世界"的信徒们只需要一句话对付质疑他们的人：你们悲观，那是你们无知。翻译：你们对苏格拉底式的"真实世界"及其"真理"无知。

再问一遍：何为"真实世界"？再答：一个否定生命真相的谎言，一个被大师和信徒奉为"真理"的谎言。无论苏格拉底和柏拉图起初的愿望如何，他们的"真实世界"在人类历史上代表的是放弃生命意志的奴隶价值。

二 "实践音乐的苏格拉底":尼采式解构

尼采的哲学,并非不要理性,而是主张理性逻辑应该和艺术思维一起形成思想,而苏格拉底的人格代表着逻辑思维和艺术思维的分离。

逻辑思维确有价值,但是苏格拉底把逻辑的作用无限夸大。他言之凿凿:只要循因果逻辑思考,便可探明万物本质,抵达生命最终的奥秘,由此获得的知识和真理可以解决一切问题。苏格拉底还说,凭借逻辑、知识、真理可以排除对生存的悲观。他在等待自己死亡的时候,以为可以借此排除对死的恐惧,实际上做不到。

在《悲剧的诞生》里,尼采将所有只要逻辑不要艺术的人称为"理论者",苏格拉底是最早的"理论者",又名"乐观主义理论者"。"苏格拉底是乐观主义理论者的原型,他凭借着可以探明万物本质的信念,认为知识和认知有能力解决一切问题,并据此断言谬误为罪恶之源。"(*Birth*:97)

苏格拉底为他的"乐观",放弃了整个酒神生命观和美学智慧。虽然真正的哲学家、科学家不会放弃酒神生命观和智慧,但是苏格拉底的人格毕竟变成西方哲学的范式,成为以现代科学观为标志的价值体系的象征。尼采质疑苏格拉底,质疑的是两千年历史的哲学传统和西方科学、真理观的根基。反对尼采的人不少,对尼采式转折的接受和理解,经历了漫长的过程。

《悲剧的诞生》刚发表时,德国学术界先以冰冷的沉默来抵制,然后有人谴责尼采违背了学术传统。接下来,尼采在巴塞尔大学的地位也受到影响。现代的苏格拉底们比起古代的苏格拉底来,更有体制赋予的优势和权力(参见伊沃·弗伦策尔,1996:57-60)。

至于希特勒对尼采的利用,那件事和希特勒有关,和尼采思想、酒神精神无关。纳粹首先是种族主义者,亦即极端的民族主义者。但尼采并不是激情的民族主义者,更不是种族主义者。此外,希特勒信奉的是按照自己逻辑推理的所谓"科学",他信奉压迫别人的权力,和生命意志何干？和"强力意志"（误译为"权力意志"）何干？但是，希特勒的做法给了本来就排斥尼采的一些人借口，于是他们也照着样子，用不是尼采思想的话解释尼采。这件事不是我们关注的重点，就此一笔略过。

尼采逝世之后，20世纪有过好几波尼采引起的思潮。他的影响先是见于先锋派文学家和诗人的字句。这些亲近酒神精神的艺术家（其中也包括写《摩罗诗力说》的鲁迅），在尼采那里感觉到创新的生命之力，受到尼采重新估价现有价值的鼓舞，个个成就了自己的风格，尼采也就成了现代主义的推动力。

与此同时，海德格尔为了在现象学的困境中另辟蹊径，借尼采的力来质疑整个形上哲学传统。尼采因此和"存在"扯上关系。

以后，以萨特为代表的存在哲学对尼采做了一次充满人道激情的阐释。不过，存在主义与尼采的智慧相比略显生涩。比如，存在哲学以肯定个人来肯定存在，其个体观缺乏对生命"穿越"的思考。勇气有几分，叛逆也有几分，缺少了快乐的智慧。

20世纪60年代中期以后，欧洲（尤其是法国）出现所谓"新尼采"。这一次的新知新论引用尼采，为重新思辨知识、真理、主体、语言乃至人的状况佐证，使尼采的智慧更完整地浮现，也促成了后结构、后现代的理论。比如，德里达的解构理论（借尼采、海德格尔、弗洛伊德的思辨之力），指出二元对立是西方历史上一系列结构的逻辑基础。语言在形成"真理"和"主体"过程中的作用，也成为思辨的焦点。这种种思潮，若视为美学尝试，则如春日踏青，但见赤橙黄绿青蓝紫，气象万千。如此经历百多年之后，当代的文论终能揭示尼采式转折的真正含义。

以后见之明来看，《悲剧的诞生》所深入的，不仅是文学史，而是西方乃至人类的精神史；尼采以希腊悲剧问题为契机，旨在革新以苏格拉底、柏拉图为代表的哲学传统，并以此重新评估体系化的现代价值。

《悲剧的诞生》中最令人啧啧称奇之处，是尼采指出苏格拉底倾向的问题之后，没有否定，而是把"苏格拉底"这个符号做修辞改造，改为"实践音乐的苏格拉底"，以此表示他所期冀的历史性转折。这就是现在说的"尼采式转折"。

要着重指出的是，这个说法没有否定苏格拉底代表的理性，没有重复二元对立的否定，而是用补充（类似德里达说的 supplement）和游戏予以改变，让我们从苏格拉底辩证法的禁锢中解脱出来，使其"理性"回归美学智慧。这也是解构的真意和范例。

尼采说，苏格拉底所代表的反酒神倾向，在苏格拉底之前就有，"只是在他身上有特别夸大的表现"（Birth：92）。笔锋一转，又问："在苏格拉底主义和艺术之间难道必然是对立，'艺术性的苏格拉底'的产生就全然是自相矛盾？"（92）换言之，难道理性和艺术一定对立？哲学和诗必然分割？

尼采先于20世纪的认知语言学提出，概念是喻说组成的概念，而且新概念可以是旧概念的更新。如果逻辑和艺术（或曰理性和美学）融为一体的思维才是完整的，而这样的思维被苏格拉底辩证法所割裂，那么，为了使理性思维和美学思维重归一体，还应该保留"苏格拉底"的名号，留取其中有用的那一部分喻说含义。

尼采在关于苏格拉底的传说中找到一个故事，说明苏格拉底的人格中也有酒神音乐的倾向。据说，苏格拉底对自己专横的逻辑思想，时时感到一种欠缺。他在狱中告诉朋友说，夜里常梦见一个神灵向他讲同一句话："实践音乐吧，苏格拉底！"于是，苏格拉底在生命最后的日子里，创作了一首阿波罗颂歌，还将一些伊索寓言改写为诗体。

实践音乐吧，苏格拉底！轻似耳语的一句话，是苏格拉底的美学本能给他的启示。尼采举重若轻，他借此给我们的启示是：哲学家、科学家本来可以就是艺术家，本来就有美学本能；苏格拉底是忘记了他的艺术本能才会谴责酒神音乐。

沿用尼采的用语，暂且称那些忘记艺术的人（某些科学家、哲学家、逻辑家）为"理论者"，那么，"理论者"和"艺术家"的差别在于："理论者"用理性的方法揭开了眼前事物的真相，为自己揭示真相的能力而快乐。然而，"每当真相被揭示时，艺术家总是以更大的兴趣注视真相被揭示之后仍然没有被揭开的那一部分"(*Birth*: 94)。

酒神音乐默默地验证：我们对生命神秘的种种感受，并非逻辑所获得的因果可概括。白日里站在雅典街头滔滔不绝的苏格拉底对他的辩证逻辑信心百倍，在梦中却察觉了逻辑思维的局限。在梦里，神灵提醒苏格拉底：苏格拉底呀，你忘记音乐的快乐了吗？实践音乐吧，苏格拉底！

科学家和哲学家也应该是艺术家。华兹华斯曾写过："诗是一切知识的呼吸和精灵；诗的激情表达乃是所有科学的脸庞。"（Poetry is the breath and finer spirit of all Knowledge; it is the impassioned expression which is the countenance of all Science.）现代的苏格拉底们，别忘了音乐，别忘了美学智慧！

辩证法对事物做单向、绝对的判断，而美学智慧是双重双向、多重多向的思维。真理意志和强力意志（生命意志）的不同，由此可见。

德勒兹的《尼采和哲学》开宗明义，一句话概括尼采对现代哲学的贡献："尼采做的最基本的事，是把感知和价值的概念（the concepts of sense and value）引入哲学。"（Deleuze, 1983: 1）所谓"感知的概念"，指人们对同一件事的"感知"（senses）不同，而"感知"形成话语并产生影响便成为"力"（forces）；各种的"力"是人们对事物做的不同解读和表达。所谓"价值的概念"，指人们评价事物时已经有一种价值作为评价的基础。那么，这种价值是怎样产生的，也必须思考。没有感知概念和价值的概念，哲学的思辨就不可能进行。然而，西方哲学的正典传统惧怕这些概念，称之为非哲学的概念。

在尼采看来，柏拉图辩证法是单向思维。柏拉图的哲学传统问：什么是真理？什么是知识？尼采改变了提问的方式，问：哪一种真理？哪一种知识？

换言之，感知和价值的概念，也就是用"变换视角的思辨"（perspectivism）思考知识、真理，把思辨和多元与变化的生命更紧密联系在一起。

实践音乐吧,苏格拉底!这也是尼采在提倡文风。当哲人是诗人、诗人是哲人时,逻辑思维和修辞思维重归一体,苏格拉底以来将美学和哲学对立的真理传统也就被解构。

尼采的文字,当作散文读,如清风拂面,返璞归真,没有炫耀学问硬把短话拉长成了空论。尼采知道思维离不开逻辑,但只有逻辑的思维是生命力不够强大的思维;在他的文字里,感官的直观同理性的抽象融合。他用"永恒的女性"比喻哲学家对生命原则锲而不舍的追寻,以疯人提灯笼在市场打听上帝的下落,如此等等,把哲学思想文学化。读尼采的哲学,已经是文学阅读。

尼采常用箴言体(aphorisms),以短篇为单位,片段积累、衔接之后形成规模。有人说:尼采的每段箴言,就像一支剑,尼采的一本书,好比装满了剑的剑筒,张弓射箭的尼采岂不是武士的英姿。不过,在《偶像的黄昏》里,尼采又说:他拿的是一只钢琴的调音器,在一个个历史偶像的要点上敲击,音符连接起来就是旋律了。

相比之下,许多后结构后现代理论家有一个通病:他们虽然在继续尼采式的历史转折,却离不开理性哲学传统的语言。德勒兹看到了这个问题:"现代哲学显然是托了尼采的福才得以发展。但是,也许不是按照他所希望的方式。"(Deleuze,1983:1)

哲学家要成为诗人,先要减少自己身上的"理论者"气质。尼采多次提到求知欲。他说:没有节制的求知欲如同对知识的仇恨一样,会导致野蛮(见《希腊悲剧时代的哲学》第一章第2节)。又说,没有节制的求知欲(苏格拉底式的求知欲)对人是一种麻醉(*Birth*:Section 18)。之所以要反对无节制的求知欲、苏格拉底式的知识,是因为那种知识束缚创造力和美学智慧。

有时候,博学是一种可耻。

三 酒神生命观的现代启示录

尼采在他的第一本书里，已经从美学智慧出发重新思考科学和理性，以后一直如此。1886 年，《悲剧的诞生》发表 14 年之后再版，尼采还附上了《自我批评的尝试》一文。文中他为自己青年时稚嫩的写法表示歉意。这并非故作谦虚，因为任何认真的作家回顾自己 10 多年前的作品都会看到其中的粗糙。但是，更成熟的尼采没有否定早期的基本观点，而是以更简明的语言肯定了《悲剧的诞生》的价值。尼采说，这本大胆的书敢于第一次提出："须从艺术家的眼光观察科学，更须从生命的眼光观察艺术。"（Nietzsche，"Attempt at Self-Criticism"，1996：19）。

尼采哲学不是一个体系，却有一个逻辑顺序：从生命的角度理解艺术，再从艺术的角度思考科学、知识、真理。《悲剧的诞生》遵循的是这个顺序，以后尼采侧重科学和理性的著作亦然。尼采说的生命首先是酒神意义上的生命。那么，酒神精神生于古老的时空，今天会产生何种新的价值？

20 世纪以来的思想史回答了这个问题。由于尼采借希腊悲剧之力形成与众不同的思辨方式，他呼唤的历史转折在今天已被视为尼采式的转折。因为有了尼采这个人，他看重的酒神精神不再是古文化的遗迹，而是现代的创新动力。尼采哲学，内容丰富。我们对他影响当代思辨的几点归纳如下，名之为：酒神生命观的现代启示录。

（一）知识和真理

尼采哲学里有一个以酒神精神为底蕴的认识：这宇宙不是为人类专设的，人类不是宇宙的中心，人的知识能力受人类的局限所限，所以，应警惕人类中心的认识论。以人类为认知中心的人道主义（humanism as epistemology or humanism as man-centered knowledge）很有局限。尼采的这个看法针对"光明进步"的现代宏大叙述，使之瓦解，因而是后现代理论的一个关键点。

尼采这种观点并非对人的寡情，恰恰相反，它表达了人类更高的智慧和人类思维应有的尊严。用尼采的话说，其中的精神应该讴歌（Nietzsche, "Attempt at Self-Criticism", 1996：20），匆匆说起，就会走样，只有在悲剧文化的前提之下才能看得清楚它的激情，它的力量。

《论非道德意义上的真理和谎话》这篇散文，从反对人类认知中心论出发揭示"真理意志"的来源，融合贯穿《悲剧的诞生》的命题，玄妙之理，绵邈之情，在悠悠宇宙、茫茫人生的时空展开。尼采这样开头："很久以前，在分成无数个闪光的太阳系的宇宙的一个不起眼的角落，有一个星球上聪明的动物创造了知识。那是'世界历史'上最傲慢最虚假的一分钟，但仅仅是一分钟而已。自然界呼吸了几次之后，这个星球冷却凝固下来，那些聪明的动物只好灭绝。"（"On Truth and Lie"：79）

尼采先站在了宇宙意志一边，反衬人类中心论的自大，借力使力，对人类创造的知识和真理的过程就说得非常透彻。他说，人类多倾向于对自己和同类掩盖生存的真相，骗自己也骗别人，知识多半是在这样倾向之下创造的。这一点与苏格拉底怎样提出"知识"迥然相异。

此外，人以为用词句就可以捕捉"事物本身"（thing-in-itself），说"树"或 tree 或 arbor 等，似乎就触及"树"的全部本质。这种看法的荒谬，就像一只鸟向我们夸耀它掌握了世界的全部秘密。尼采因此揭了一切"本质主义"（essentialism）的老底。当代思辨理论对"能指"和"所指"的顿悟，其实是尼采之后长期的渐悟。

人的"真理"，从自己的愿望出发，用人类的词句表达，很受局限。"什么是真理？……真理是我们已经忘记是幻觉的幻觉；是已经用旧了、了无生意的比喻。"（"On Truth and Lie"：84）在这个意义上，当人们向某种"真理"效忠的时候，往往是向一个已经成了惯例的"谎言"效忠。

(二) 理性和主体

尼采的启蒙是大学。有些大师接触到尼采反倒惊慌失措，急忙遮住别人的耳朵和眼睛，嘴里念念有词："非'理'莫视，非'理'莫听"，生怕主张美学智慧或任何对理性传统的批评和思辨，会造成"非理性"的混乱局面。

哈贝马斯（Jürgen Habermas），第二次世界大战之后西方知识界的首领之一，就秉持此见。哈贝马斯认为，酒神精神会引起危险的非理性和美学倾向，以致扰乱了已经建立起来的理论秩序和道德活动（qtd. by Pearson：16）。哈贝马斯担心非理性，自有他的理由，像他这样担心的人也不在少数。不过，其一，尼采并没有说不要理性，"实践音乐的苏格拉底"才是尼采论述美学智慧的完整符号。其二，哈贝马斯应该注意：把理性捧到无以复加的地位并不能避免野蛮。现代史最野蛮、最反人性的事件和现象，常常以理性为包装。脱离了价值理性的工具理性，往往把不合理的行为合理化。

至于哈贝马斯担心酒神精神会导致理性主体的瓦解，用叔本华的那个比喻（见前一章所述）可以解释为他怕"翻船"。而尼采的意思却是，我们只有经历一次意识上的"翻船"和忘我之后，"主体"的问题才能搞清楚。如前所论，经历"个人原则"的粉碎或理性主体的瓦解，才能把"主体"的问题和酒神生命观联系起来。哈贝马斯理解的主体，还是笛卡尔的 *ego ergo cogito*，不是尼采的 *ego fatum*。进而，尼采的主体观主张"我"有参与主体创造的自由。经过现代心理分析（尤其是拉康的理论）的探索，当代文论对"主体"的看法复杂得多。比如，关于"主体"有若干的立场选择（subject positions）；个人和文明之间的矛盾，使得主体的选择说负有政治和美学双重意义。哈贝马斯应该担心另一件事：现代世界的多数人其实害怕个人自由所必须付出的承担，因而选择放弃个人的思想自由，情愿向现存的秩序屈服。

（三）历史

尼采写《悲剧的诞生》，基于特殊的历史思辨。他不赞同直线式进步的历史观。在尼采看来，"过去"可以理解为尚未获得形式的混沌，呈现酒神状态；"过去"的意义错综复杂，对过去的事件有各种不同的"感知"，有不同"力"的较量，因此历史的叙述有多种。

有些人解释历史，为的是墨守成规或维护现在的某种利益；有些人解释历史，则为促生新事物。尼采解读古希腊的悲剧文化，出于创新的动机。他借希腊之力，逆反苏格拉底、柏拉图，逆反现代价值体系。但是，所欲逆反的那些倾向，很是顽固，不易被撼动。尼采的历史观，意在复兴酒神精神和文化，但整体的酒神文化复兴的可能，未必就可以乐观。可以肯定的是，每一个时代，包括我们的时代，总有酒神精神存留在世，总有善于美学智慧的人。所谓"悲剧之死"，比喻了一个相对的局面。悲剧精神不死，正如生命意志不死。

尼采心中最理想的情况是：历史解读者也参与历史的创造，同时可观察过去—现在—未来。只有明悉现在和过去之间的某种连接可能造成某种可能的未来时，过去才显出比较清晰的脸庞。解读历史，是根据现在的需要来选择过去的某些事件，对因果关系做出解释。历史会被人误用，也可以被善用。解读历史者对现在的人类状况要有清醒觉悟，他负有不重复恶缘循环的责任。

对当今时代的需要若能获得清醒的认识，创造（和叙述）历史的人可以显出非历史的（unhistorical）一面。但，非历史实际上是忘记历史过重的那一部分负担，并非完全忘记历史，所以历史的艺术是非历史和历史（historical）、忘记和记忆之间的平衡。平衡的标准是生命。

而掌握历史艺术的人是真正的艺术家，除了他对"现在"的清醒之外，眼光又要超越历史（suprahistorical），他洞察世界历史的整体变化如同一盘棋局。

置身历史、逆反历史、超越历史是三合一的健全历史思维，这是尼采《历史的使用和误用》一文的精要，当年尼采将它纳入论文集，统称《不合时宜的思考》(Nietzsche, "On the Uses and Disadvantages of History for Life", 1983: 59-123)。

"现代"这个词既指当下的趋势，又指新事物的创造。那么，"新"的出现如果是不合时宜（逆反潮流）的想法，它是现代的，还是反现代的？尼采的思想新意盎然，应该是现代派。可是，他的新意又是逆反某种公认的现代趋势。尼采是现代，还是反现代？对波德莱尔、福楼拜、陀思妥耶夫斯基等，我们也可以这样问。

顺尼采的历史思维说下去：决定如何置身历史，如何逆反历史，需要有超越历史、穿越时空的眼光。而这种眼光，需要翻一次，需要"喝醉过"，受到了酒神精神的启迪。

希腊悲剧时代的哲学家赫拉克利特，留下一些令人回味无穷的俳句式的残篇。《残篇》第 52 号片段提到："Aion 是个孩子在下棋。" Aion 这个希腊词指时间概念，有两种译法：一指人的一生，二指世界时间。尼采视 aion 为世界时间，所以下棋的"孩子"可不是普通孩子，而是掌握世界原则和世界时间（world principle; world-time）的宙斯。尼采认为：赫拉克利特在看孩子们玩游戏时，"却在想着伟大的世界之子宙斯"(Luckacher, 1998: 7-9)。

尼采曾说，有意义的人生最好经历孩子—骆驼—吼狮—孩子的四变。尼采就是想再变成孩子的哲学家。从他的作品看，尼采也是个会下棋的孩子。瞧这个孩子，凝神坐定，眼观千年为一格的棋盘，但见他眉头舒展，永恒的循环在转念之间完成，轻移一子，便可从容应答"现代"的种种问题。

第 八 章

说西—道东:中西比较和解构

　　解构思想不限于德里达。针对柏拉图的知识和真理传统做的思辨,在西方现代思想史上先是潜流,渐成如潮之势。前面各章从不同角度(尼采、卡夫卡、弗洛伊德、互文理论、符号学等)思考解构,我们看到,解构的命名以及理论表述虽可归功于德里达,但解构代表的智慧,在德里达之前和之后时有所见,其中不乏自然生发的解构者。而无论文采还是思辨境界都更高一等者,当属尼采。尼采虽未冠有解构之名却有解构之实,是德里达解构最重要的源头。

　　广角论解构,还包括一个有待深入的领域:中西比较之下的解构。这自然先要在西方语境里厘清端倪,再思考解构和中国的关联。不过,中西比较的方法必然是前提。本章顺序探讨几个相关问题:中西比较方法论、"逻各斯"和"道"是否是一回事、中国有没有逻各斯中心、中西两个不同的辩证法的对比,等等。这个讨论的过程中,难免提出更多问题,留给学问诸家深究细查,这样或可便于解构更深入中国语境之中。

一　方法论:中西比较的异同交叉

(一) 相异和相通

　　中西比较的焦点和研究方法应该是什么?中国学者对此有不同的见解。中西比较应该是双向思考的。然而在西方和东方,很长时间里中西比较学呈现单向思考,以完全西方的眼光研究中国,或者以完全中国的眼光研究西方。全球化的到来，意味着东方和西方、西学和中国学的交集越来越多。虽然西方的汉学家看中国时有偏差失误，其作用仍然不可或缺。这不仅因为他们能够"旁观者清"，而且中国文化要融入世界，离不开西方人的接受和译介。反之亦然，西学要融入中国，也离不开中国人的理解、译介和接受。

西方确实长期有欧洲中心的"傲慢与偏见"，并以哲理和学理面貌出现。例如，黑格尔曾宣称，欧洲语言更具有逻辑性和多意变化的能力，优于中国语言及其文化。张隆溪先生对类似黑格尔的这种偏见就做过反驳（"The 'Tao' and the 'Logos': Notes on Derrida's Critique of Logocentrism", 1985: 385 – 387）。因为质疑欧洲中心的传统以及怀疑西方汉学的可靠，中国学界进而有这样的推论：西方人对中国的偏见，表现于过多强调华夏文明和西方文明的差异，甚至认为中西思维模式彼此对立，视中国为"绝对的他者"。有鉴于此，有人提出中西比较应"求同"，主张不同文化在思想方式上具有"共性"，中西比较应该侧重两种文明相同之处。

持"求同"主张的学者当中，张隆溪先生的声音最为清晰。他"坚信[中西]有共同的人性与真理"（《跨越中西的文化交流与对话：张隆溪教授访谈录》）。从这个视角出发，他反驳过法国汉学家于连（François Jullien）关于中西文明的思想方式各不相同的观点。张隆溪先生对中西比较的看法，很大程度上师承钱钟书先生。他在一次访谈中说："我后来的研究其实就受到他[钱钟书]很大的影响。钱先生曾经说过：'东海西海，心理攸同；南学北学，道术未裂。'在我看来，这正是他本人最根本的学术立场，这种立场也是我所深深认同的。这就是我后来之所以长期从事中西文学、文化比较研究的一个重要原因。"（《跨越中西的文化交流与对话：张隆溪教授访谈录》）。而钱先生的求同，表现为他对中西之间相似之处的浓厚兴趣。《管锥编》将中西文化和文学之间相似的词语与概念大规模并列、比照、评注，时有灼见的闪光，在那个时期提高了中国学人的民族文化自信心。但是，大面积的并列也确有未能细查之处（本文后面会说明）。于连的中西观虽然有待商榷，但他说钱先生采用的是"comparatisme de la resemblance"("求相似的比较方法")(于连，1999：122），却是不无道理。求相似的弱点是，看来相似的，时常指向不同。

中西对立论当然应该反对。问题在于：偏重中西文明之间的差异，是否必然成为偏见，导致中西对立？中西比较能否回避中西文明间众多而且明显的差异？所以，对"求同"说要做更细致的思考。

其一，中西文明之间确实有共同的人性，但各自的文化再生概念又对人性有不尽相同的观点。两者的共性不能掩盖或抵消两者的差异。差异性是比较的事实和前提。中西之间即便有同，也往往是异和同交叉。轻易跨越差异，在不尽相同处牵强做文章，求同就会似是而非。

其二，中西比较包括译介，与翻译之道同理。翻译所融汇的，不仅是相同，更有不同。相通还是相同，并非完全一回事。不同的可以相通，而在有些条件下，相同也会彼此不相通。比较的目的和结果应该是在了解差异基础上的求通。

其三，西方世界，乃至西方汉学中时隐时现的欧洲中心的种族优势感，该归咎于两种文明的差异？还是如萨伊德（Edward Said）所论，应归咎于西方的"地位优势感"（positional superiority）？这两种看法有本质的区别，因为萨伊德是把西方的偏见归于世界政经势力的对比失衡，而不是文明本身的差异。

史忠义先生有一段话可圈可点："从比较文学、比较诗学和比较哲学的学理看问题，不同文化间概念的沟通很重要，亦即不同文化间共性的追寻很重要，但差异性的探索对把握不同文明的真谛、了解它们之间的异同似乎更重要；从差异出发，也更利于找到不同文明之间的共性。贯通是差异研究的结果，而不是前提。这样找到的共性才更扎实，更站得住脚。"（史忠义：1）

中西之间，是文化之间，更是文明之间。相对于文明之内（intra-civilizational）的文化比较，文明之间（inter-civilizational）的差异必然更大。例如，欧美民族的语言都根植于拉丁语，他们之间虽然也有文化差异，却同属一个文明圈，同大于异。同样，同属东亚文明圈的中日韩，文化之间虽有差异，却有更多的文化价值交叉。

华夏文明以儒道释为特征，西方文明以犹太—基督教为基础，漫长的历史进程中这两个文明各自发展，源、流、语言规则都不尽相同。西方和中国的彼此发现，历史并不长，开始做彼此交集的比较工作，时间更短。两者之间的"通"，有不约而通，也有沟通而通。即便相通时，各自概念的表现方式还是有所不同，是同中有异，异中有同。

历史上文明间的冲突，许多并非纯文化的因素引起。伊斯兰文明和基督教文明之间，有源头的交叉，又在历史中有碰撞，这两者之间比中西之间关联更多，但是，种种复杂的历史和现实的因素，它们彼此间应该相通而彼此时时不通。现代历史上，日本先是脱亚入欧，后来又鼓吹东亚共荣，侧重与欧洲的不同。这先后的同和异的强调，是日本的国家政治的选择。文化民族主义和国家民族主义的复杂关系，需要另文讨论。

（二）本雅明的启示

本雅明在《翻译者的任务》中提出的"可译性"和"不可译性"的悖论，对中西比较不无启迪。本雅明说，原文内容寓于原文特有的"表意模式"（mode of signification）或"语言性创造"（linguistic creations）中；原文中这种像水果和果皮一样的内容与形式的结合，即为原文的"可译性"（75）。另外，原文特有的表意模式却往往难译；如果用和原文表意模式表面相似的表达（如"字对字"的译法），译文的形式和内涵就联系松懈，如同穿上了"皱褶很多的皇袍"（75），这就是"不可译性"。

"可译性"和"不可译性"的并存说明：尽管语言文化各自编码不同，却可以彼此理解交流；但是，这种交流的可能性往往不是靠字面的对应或相似实现的，而是要根据差异实现转换。换言之，差异虽可译，需要转换才可译。翻译需要寻找对等，但不可能总是找到对等，找到完全吻合的对等更是困难。翻译所寻求的，是通过翻译艺术"表达［两种］语言之间最重要的呼应关系"（Benjamin, 1969: 72）。

解构广角观
NEW COMPARATIVISM

鉴于中西是两种文明，两者间的文化和语言翻译，需要更深度的转换。以汉英互译的实践来印证，语言文化在词汇、词性、句法、比喻、思维方式各方面差异众多。译者时有这样的发现：有些表达方式相似并非内涵相同，看似不同的表达方式有时在意图上却相吻合。熟悉差异，进而变通，是翻译的创造性之所在。①

（三）克利福德的启示

美国人类学家克利福德（James Clifford）写过《文化的翻译》("The Translation of Cultures")一文，探讨的案例，是法国福音教派传教士莱昂哈德（Maurice Leenhardt）1902—1926年在太平洋新喀里多尼亚的瓦伊卢山谷（the valley of Houailou）的传教活动。莱昂哈德发现，要从当地的美拉尼西亚语言（Melanesian）中找到和基督教术语完全同义的词语非常困难，于是改用当地人的文化来传教。比如，他采用当地 Bao 这个词表达 God 的概念。Bao 在美拉尼西亚语言里有精神上的神、尸体、老人、祖先等多重意思。莱昂哈德入乡随俗的传教大获成功，但巴黎的教会却认为他背离了教旨的正统。

莱昂哈德的发现，也是克利福德的发现：接触另一种文化，首先遇到对方的"异质性"（heterology）。如果一方以"正统"自居，势必视对方为"异端"。搁置自己的"正统"，尊重对方的差异，则会从中获益。莱昂哈德说："我看到他们的心里有那么多与我们不同的路径。而发现一个国度还是不够的，你还要知道怎样绘制出地图来。"（Clifford，1994：629）

"绘制"他者思维路径的地图，是深入了解他者。由此产生两个

---

① 汉英之间的句法和词性，在翻译时未必总是对等的。下面的每个译例不代表唯一的可能，却可以说明差异和转换之间的关系。例一（词性变化）：你们的工作效率有待提高。Greater efficiency is still expected in your work. 例二（词性变化）：European agricultural interests seek protection from American farming industries. 欧洲的农业利益集团试图自我保护，排斥美国的农业。例三（句式变化）：他在市里所有的图书馆找过这本书，毫无所获，所以更加怀疑这本书是否存在。A fruitless search for this book in all the libraries in the city only fortified his doubt of its existence.

方法。方法之一：用自己的文化语言方式理解对方，形成跨文化的类比（analogy）。莱昂哈德说："如果不把他人和我们自己相比较，我们就不知道如何对他人做出判断；而神示的智慧一定是，每件事都要按照它本身的维度来衡量。"（Clifford，1994：629）这段话的前半部分可理解为寻求相似，后半部分的补充更重要："每件事都要按照它本身的维度来衡量。"

方法之二：比较的结果，既看到相同，也看到不同，因此获得恰当的"相对主义"，亦即同，或异，都是相对的。获得"相对主义"的智慧，才能达到沟通、相通和互补。

克利福德看到的文化翻译路径是：从"异质"出发，了解异和同，以相对主义达到沟通和翻译。莱昂哈德的结果是：基督教在这种文化翻译中改变了，美拉尼西亚文化也改变了。所以，通过克利福德的研究我们又得到一个启示：译介和比较是两种"异质性"接触后的交融，其目的和结果都不是任何一种正统概念的延续，而是混合概念的产生。用霍米·巴巴的话说：新事物是通过"混搭"（hybridization）降临这个世界的。

（四）德百瑞：异同交叉的儒家研究

美国汉学家德百瑞（William Theodore de Bary）先生的专著《儒家的麻烦》（*The Trouble with Confucianism*），论述了孔子学说形成的时代以及孔孟之后儒家的发展和呈现方式，提供了一张历史路线图。德百瑞侧重孔子和孟子对"天命"所做的道德式诠释和政治设想，以及这个设想在中国政治现实中屡次遭遇的困境，也就是书名中所说的"麻烦"。他所描述的儒家传统，是一个被历代统治者意欲利用而又故意歪曲的"君子"（或"仕"）的传统，也是中国政治中时隐时现却始终不能发挥有效作用的一个制衡机制。

德百瑞深入中国历史，又深谙向西方人译介中国的需要，他的研究在中西都颇有影响。仅举他介绍"君子"这一例。如同孔子的"仁""义"等概念，"君子"一词在原文中的"可译性"，越出中文语境又显得"不可译"（或者说很难译）。各种英语译本中，"君子"

被译为：the higher type of man，the moral man，noble man，gentleman，等等，都不令人十分满意。孔子设想的"君子"阶级，并非血脉相承的"贵族"，而是强调学而优则仕，应该是 Noble Man，而不是 nobleman。但这两者发音几乎一样，不易区别。英语的"gentleman"，侧重的是上层阶级的礼仪和气度，也不足以传达中国语境中的深意。而 the higher type of man，the moral man 等，似乎无法切中核心语义。

德百瑞因此建议用犹太—基督教传统中的"prophet"（先知）来理解"君子"的深层内涵。这样的类比，令西方人茅塞顿开，对中国人也不无启迪。"君子"和"先知"之间的共性是："先知"的内心有神谕的使命，"君子"心中负载"天命"，在这个意义上，"君子"内心也可以说有"先知式的声音"（prophetic voice）。此外，西方传统中有不少的"先知"（如奈森先知，Nathan the Prophet），也是以天赋神命向君王尽责进谏，类似于中国的士传统。

虽有这些相似，"君子"和"先知"在中西文化里还是各司其职。"每件事都要按照它本身的维度来衡量"（克利福德）。德百瑞指出两者的"同"之后，又列举了它们之间的种种差异。

西方的"先知"属于宗教概念，和"祭司秩序"（priesthood）联系在一起；"君子"属于世俗传统，最多算是"世俗的祭司"（lay priests）。

西方人格化的神，直接向神选定的先知传达神谕；先知再秉承神谕或向君王进谏，或直接向人民传递神谕。中国的"天命"是非人格化的，在孔子那里和"仁"的概念密不可分。以天命为己任的君子们，向君王进言，乃至死谏，却很少直接以"天命"口气对人民说话。

孔子心目中的"君子"，要仿效先贤，遵循以往的礼仪和秩序；《旧约》中的先知见到当下的宗教礼仪，视为异端，"时时激愤"（de Barry，1991：25）。

犹太民族的"先知"考虑自己的言行，想到自己在整个宗教历史中的作用；而中国的"君子"想到的是当下的政治和社会现实。

西方的"先知"和"君子"本不相同,德百瑞以类比来点亮思路,又仔细厘清这同中有异,形成中西比较的"相对主义"。

德百瑞和克利福德的研究彼此呼应,亦即尊重异质性,再以"我"比"他",发现相通之处,却并不以此否定彼此的差异,形成文明之间异同相对的认识。可见,比较学的前提是差异,过程是同异交叉,目的是寻找相通。

(五)"他者"的不同色彩

"他者",the other,又译为"另类",与"我"不同、"我"所不甚了解的对象,可指另一种文明、文化、种族、民族、性别、时空,等等。"神"的概念因为和未知联系在一起,也属于"他者"。"我"对未知事物的复杂情感,如欣赏、惊讶、好奇、恐惧等,往往投射于"他者"。这样,他者的所谓特征,常常带有"我"的各色想象力。面对他者也是面对自己的心理深处,研究他者也是在研究自己。所以,比较的方法还有心理分析的层面。

对他者欣赏和肯定,袒露的是拓展自己的意愿。诗人对"他者"的虚构和想象,也成就一个他者美学原则。"我愿他人活在我身上/我愿自己活在他人身上/这是'知'/我曾经活在他人身上/他人曾经活在我身上/这是'爱'/雷奥纳多说/知得愈多,爱得愈多/爱得愈多,知得愈多/知与爱永成正比。"(木心,2015:31)

恐惧他者,其实不敢面对自己的内心,不敢扩大自己的眼界,困守在固有的自我里。负面看他者的例子很多:殖民者对被殖民者的贬低的描述、父权秩序对女性的蔑视性叙述、对异国他族的臆想、东方主义,等等。

西方人将华夏文明视为他者,情形不尽相同,不可一概而论。有些人怀有"东方主义"优势感,有些人却是出自中西沟通的真诚;有些人对中国的文字和文化了解较少,以想象取代知识,而有些人穷毕生之力,孜孜不倦,在同和异中寻找贯通之道。由此可见,中西差异本身,并非中西对立论的根源。

比利时的汉学家李克曼(Pierre Ryckmans)建议,《中国的科学与文明》的作者李约瑟（Joseph Needham）的一句话，应该刻在西方每个研究中国的机构的门上："中国的文明所以具有无以抗拒的吸引力，因为它完全'另类'［他者］，而只有完全另类的才能让人深深喜爱，同时有一种强烈的去了解的欲望。"（李克曼，2014：34）

李克曼也批评于连，但他的角度与张隆溪不同："我不认为于连的错误在于（如毕来德所说）以中国的'另类'［他者］作为起点。'另类'远远不是神话，而是个含义深刻的现实，能够激发李约瑟所说的追求知识的热烈欲望。不是这个，问题的根本在于于连感兴趣的不是中国本身；对于他，中国没有任何固有价值。他将这种看法当作一种'理论便车'，让他可以从外面观察我们的认知程序。"（李克曼，2014：37）

换一个角度看，西方也是中国人的他者，我们对这个他者也是态度各异。有一个趋向是，不去了解西方社会的多样，也不知西方和我们一样充满矛盾与纷争，于是把西方想象为一个整体做笼统的肯定或否定。例如，批评西方帝国主义时，也否定西方关于民权、人权、民主和公民社会的那些价值，有意或无意地把西方的进步力量和西方的特权利益势力混为一谈。这也是一种"傲慢与偏见"。

二 说西—道东的由来

解构进入中国语境，厘清"逻各斯中心"是关键。关于这个概念有过许多讨论，其中一个插曲，集中在西方的"说"（speech, logos）和东方的"道"是否应该等价齐观。"说东道西"本是一句俗话，改成"说西—道东"，恰好指向这场学理之争的焦点："说西"和"道东"是不是同一件事？

（一）SSP 解构逻各斯中心

1966年秋德里达在约翰·霍普金斯大学的学术会上发表的 SSP 是解构的宣言书。SSP 有一个重点：解构所解构的，是以逻各斯中心逻辑（logocentrism）形成中心的那些结构，并非任何结构。

什么是"逻各斯中心"？柏拉图传统形成"真理"概念及其结构的方法。更直白地说，逻各斯中心，是形成专制思想、绝对真理、暴力秩序的逻辑。

从 SSP 可以看出，逻各斯中心的逻辑，体现在其结构的"中心"。中心是"在场的那个点"（point of presence）；它的语义是"超验的所指"（transcendental signified）。"在场"即二元对立中享有尊位（"在场"地位）的一方；"超验所指"是不需要经验证明的语义。换言之，中心代表的概念具有至尊的权威，绝对的真理。"中心"的主要功能是什么？答：维护其"真理"结构的"稳定"，即便其"真理"是危害生命的。

中心的"在场"地位，主要来自苏格拉底和柏拉图开启的二元对立辩证法。二元对立由两个对立的概念组成，"在场"为尊，"不在场"为卑；前者的真理性和权威性，靠否定和排斥后者来支撑。换言之，二元对立的统一是否定基础上的统一。

支撑中心之"在场"的还有两个神话。一是关于"目的论"（telos）的神话，亦即中心指向所谓必然抵达的终极目的。二是关于"起源"（arche）的神话，亦即中心的"在场"地位有个"固定的[纯粹的]起源"（a fixed [or pure] origin）。起源的神话又称"工程师的神话"（the myth of engineer），亦即真理体系是由某个"工程师"完全凭自己的天才从无到有创造，而不是利用各种材料的重新组合；这样，"工程师"之言就成了具有真理性的神言或圣言。

德里达认为，西方哲学和科学史上出现的各种"真理"结构，表示其中心"在场"的符号虽然不同，但逻辑都是逻各斯中心。万变不离其宗。德里达称之为"结构的结构性"。

解构有一个基本的认识："中心"并非天经地义（not a natural locus），"中心并非中心"（the center is not the center）。有了这个认识，解构者才开始"自由游戏"。解构者看到：中心看似完整（coherent）的逻辑其实自相矛盾，是自相矛盾的完整（contradictorily coherent）。解构直指"逻各斯中心"的矛盾，直指其排斥"不在场"的逻辑，并运用各种策略释放能指的多义（解构因此和符号学、新喻说理论、互文性理论等相关），瓦解中心的"在场"地位。解构旨在"中断在场"（disruption of presence）。

（二）《论语法学》引起的争论

德里达的 *Of Grammatology*，法语版发表于1967年，英语译本（斯皮瓦克译）发表于1976年。题目中文可译为《论语法学》，也有人译为《论文字学》。

《论语法学》继续揭示，柏拉图的逻各斯中心逻辑如何设定"在场"性符号。德里达说，纵观西方哲学史，传统哲学排斥那些强化"解读、视角、评价、差异"的思辨方法，视之为"非哲学性"的母题；这些母题"在整个西方历史上始终折磨着哲学"（34）。尼采之特殊，在于他正是用这些"非哲学性"概念来做哲学思考，要"将能指（signifier）解放出来，使能指不再依赖或附属于逻各斯以及与之相关的真理概念或首要所指（related concept of truth or primary signified）"（34-35）。德里达这番话再次说明，解构的严肃目的，旨在将哲学从柏拉图传统的束缚中解放出来。

需要补充一点：引文中的"逻各斯"指的是柏拉图语境中的"逻各斯"，实际上是"逻各斯中心"。我们后面会详述。

《论语法学》分析了逻各斯中心的一个具体表现：柏拉图的语音中心主义（phonocentrism）。柏拉图的对话（特别是《斐多篇》的几段话）更改了之前希腊对逻各斯的理解，把逻各斯说成是尊言说（logos, speech）而贬书写（writing），逻各斯变成了逻各斯中心。因此，柏拉图是逻各斯中心逻辑的源头，也是后来的语音中心主义偏见的源头。

柏拉图是这样尊言说而贬书写的：言说之字是思想的外部形式，而书写文字只是言语的外部形式。"言说"（speech）直接来自"理性"（reason），所以"言"和"理"同义（请继续关注这个观点）。因此，"言说之字"是具有意义的本源性能指（the original signifier of meaning），是"在场"之字。

根据二元对立的辩证法，有尊必有贬，尊言语必然贬书写。"书写"是这样被贬被否定的:书写不直接来自理性,不具备"真理"性,是"能指的能指"(signifier of signifier),因而"不在场"。

值得强调的是:只有在柏拉图的二元对立辩证法里,逻各斯(事实上是逻各斯中心)才明确是"言"和"理"的同义。

"在场"和"不在场"是 presence 和 absence 的直译,等于汉语里的"尊和卑"。"在场"还是"不在场",尊或卑,人为设定,强辞而夺理。柏拉图和苏格拉底做推理时,重复使用一套"在场"词表示褒义,重复使用一套"不在场"词表示贬义。《理想国》第十章里说,诗人应该被赶出理想国,因为诗歌是对"真理"(抽象世界的原本)的"模仿",只是"真理"的"表象"或"形象"(appearance or image)。同样,《斐多篇》里贬书写时,也说"书写文字不过是[言说]的形象"(image)(Plato, *Phaedrus*, 2007:47)。

德里达探讨语音中心主义,为的是把逻各斯中心的起源追寻到柏拉图的对话。

但是,语音中心主义不是逻各斯中心的全部内涵。用我们的老话说,这是"白马非马"。在柏拉图的语境里,语音中心主义(尊言语贬书写)的提出,还有两层意思需要说明,才能完整理解何为逻各斯中心。

第一层意思:设言说为在场,设书写为不在场,是二元对立的一个原始的例子,这个例子象征着柏拉图传统里其他的二元对立,如:尊知识贬解读;尊哲学贬诗学;尊实质贬现象;尊灵魂贬肉体;尊理性(逻辑)贬情绪(非理性),等等。所谓逻各斯中心,在某个意义上就是二元对立辩证法。苏格拉底崇尚这样的辩证法,他在《斐多篇》说:"辩证者的认真追求是更为高尚的。"(48)解构则指出这些二元对立是自相矛盾的。比如,针对尊知识贬解读,解构者会问:知识难道不是来自解读,而进一步的解读不是又产生新的知识?何来知识在场、解读不在场之说?同样的道理:难道言说不是一种书写,书写不是一种言说?为何要尊言说贬书写呢?

第二层意思是:让言说之字代表思想本身(thinking or thought)、事物本身(thing-in-itself),借此设定所谓"本源性能指",亦即神圣而绝对的"在场"词。我们进入某个具体的逻各斯中心的结构,发现其中心所尊奉的并非只是语音中心主义,而是二元对立逻辑所代表的(不同语境中的)圣言、神之言、君主之言、父之名,乃至被固化为绝对真理的"白人""民族""科学""男人"等在场词。"在场"词代表的是一个绝对的真理概念。说得更清楚一些,在男女平等的语境里,"男人"不是"在场"词。当"男人"代表"男尊女卑"的概念时,它才是"在场"词,也就是"依赖或附属于逻各斯 [中心]"的能指。

二元对立 + 圣言之言 = 逻各斯中心逻辑;这是柏拉图传统形成"真理"概念的看家本领,亦即所谓本体论。解构所针对的是这样的逻各斯中心。

解构反对语音中心主义,却不只是反对语音中心主义。简单地将逻各斯中心和语音中心做字面的等同,会曲解尼采以来解构思想的主旨。

语音中心主义是《论语法学》的一个侧面,而不是全部。前面引述了《论语法学》的另一段话:尼采致力于"将能指(signifier)解放出来,使能指不再依赖或附属于逻各斯 [中心] 以及与之相关的真理概念或首要所指"。这句话指向的是解构的大局和主旨。

"说西—道东"的争论,由《论语法学》的一段话而来。德里达写道:中国的文字符号,即所谓"意象符号"(ideogram),通过菲诺洛萨(Ernest Fenollosa)对庞德的影响产生了"意象诗学"(imagism),这是"顽固的西方传统中的第一次突破"。德里达说,鉴于中文的意象式符号对庞德诗作的吸引力,"或许 [我们] 应该赋予 [这件事] 足够的历史意义"(Derrida,1991:51)。根据上下文,这番话指的是庞德将中文象形符号移植为西方新诗学这件事;"顽固的西方传统中的第一次突破"说的是庞德借鉴中国文字形成新诗学这件事,而不是指中国文字本身。

不过,《论语法学》的英译者斯皮瓦克(Gayatri Chakravorty Spivak)在德里达的这番话中体味出别的意思。她在译者序中写道:"德里达坚持说逻各斯中心是西方的属性,几乎是逆向的种族中心主义。……虽然[《论语法学》]第一部分讨论了某种西方对中国的偏见,东方在德里达的文本里从来没有被认真研究过解构过。"(Spivak,1976:lxxxii)德里达的解构偏重西方而忽略东方是事实,也是问题,须知东方的历史和文化也是需要解构的。不过,说他认为东方没有逻各斯中心,似乎没有明确的文本证据。至于说他是"逆向的种族中心主义",则是情绪化的指责。无论怎样,斯皮瓦克的话引出了东方有没有逻各斯中心的话题。

1985年,张隆溪先生在美国期刊 Critical Inquiry 第3期上发表了一篇文章,题为:"The 'Tao' and the 'Logos': Notes on Derrida's Critique of Logocentrism"。张文的焦点是西方语音中心主义及其代表的种族中心偏见,尤其针对西方人对中文的偏见。张文前面的部分针对黑格尔、莱布尼兹等人的偏见。例如,黑格尔从语音中心主义出发,认为重书写形式的中文缺乏理性属性,一个符号不能产生多层语义。黑格尔显然对中文无知。在文章后面,张隆溪赞同斯皮瓦克的看法,亦即德里达暗示东方没有逻各斯中心,无异于"逆向的种族中心主义"。张隆溪着重指出,德里达居然引用庞德/菲诺洛萨对中文的粗浅理论来理解中国文字。

也正是在这一部分,张隆溪提出,《道德经》的第一句话:"道可道,非常道",这里的"道"有"说"和"道"的双关,与西方 Logos 的"言说"和"理性"的双关,正好吻合。张隆溪以此说明,西方有"逻各斯",中国有"道"(我们以"说西—道东"概括)。言下之意,斯皮瓦克批评德里达是对的,中国也有逻各斯中心。

张文的价值是揭示了西方某些人对中国语言文字的无知和偏见。张隆溪把德里达和黑格尔并列,说他们对中国语言都没有足够的知识,这也在理。德里达引用庞德/菲诺洛萨对中文的理解,显然是他论述中的软肋,张隆溪看到了这个软肋。庞德对中国意象性文字虽有浓厚兴趣,但他的理解显然肤浅,时常有偏差,他译介汉语诗歌常有荒唐的误译和不适当的发挥。因为这些例子已经被许多批评者指出,此处不去详论。但是,评价庞德时不应忽略他的另一面:他以诗人的敏感来感知中国古诗,时常能获得对诗性的感悟,又是许多译者和批评者难以企及的。批评庞德时不能忽略他的价值：他对中国文字和诗歌的移植，毕竟使中国的一些古诗成为英美现代诗的一部分。

但张文也有不准确之处：黑格尔等人坚持语音中心主义，而德里达虽然对中文和东方的知识有限，却是反对逻各斯中心和语音中心主义的。将他们的问题归为一类，有失细查。

最为关键的一点是：张隆溪把"说西"和"道东"等价齐观，证明东方也有逻各斯中心。这是一个论证的错误。错在他求同之时，忽略了中西比较时的差异。以后，张隆溪又将他在这篇文章中的观点扩充，形成一本专著 The Tao and the Logos：Literary Hermeneutics East and West（中译本《道与逻各斯》）。论证主体，仍然是坚持"逻各斯"和"道"的共性，而忽略了两者之间重要的差异。

中外都有人对张隆溪的这个观点提出质疑，例如，史忠义的《也谈"道"与"逻各斯"》，纳勒提（Timothy J. Nulty）的《与张隆溪商榷》（"A Critical Response to Zhang Longxi"）等。关于"说西—道东"的争论随之而起。

三 中国和逻各斯中心

探讨"说西—道东"的关系，进入中西之间异同交叉的领域，牵涉了几个关键问题：中国有没有逻各斯中心？如果有，用"逻各斯"与"道"的对比来论证是否恰当？进而，"逻各斯"以及"逻各斯中心"与"道"的共同之处是什么？即便有共同点，是否说明它们是内涵一致的概念？

（一）中国有没有逻各斯中心主义？

先回答：有。中国不仅有逻各斯中心，还有对逻各斯中心的解构。中国古今都有实质上的逻各斯中心思想，自古就有严格的等级思想和压迫性的"真理"结构。中国形成"真理"概念、结构或体系的方法，也是通过二元对立和尊崇圣言，和西方逻各斯中心的逻辑基本一致；中国历史上各种结构的万变不离其宗，同样呈现了德里达所说的"结构的结构性"。因此,解构同样适于对中国古今思想的梳理。

不过,中国的情形不同于柏拉图,不是通过语音中心主义建立这种逻辑,而是采取其他的表述。

代表二元对立的"presence"和"absence"直译成"在场"和"不在场",拗口也不好懂。如果说,中国有"尊卑"分明的思想和等级秩序,有可以随意杀人的父之言,有不可违背的皇帝之言,等等,这谁都懂。

中国历史上的各个王朝,以"尊卑"式的二元对立逻辑,形成以君臣、父子、官民、男尊女卑等为标志的一套完整的等级秩序,其中的君、父、官、男,是"在场"词,亦即"本源性能指"。"君君臣臣""父父子子""官本位""男尊女卑"被认为是"天经地义",也就是事实上的"超验所指"。

尊崇圣言是中国等级思想的另一个基石,和西方逻各斯中心的逻辑也如出一辙。与西方不同的是:在中国,书写文字(比如,圣旨)丝毫不减圣言的威力,可见,中国文化里语音中心主义和确立圣言没有必然联系。

前面说过,西方的逻各斯中心逻辑包含两条:(1)二元对立(中国的尊卑等级);(2)文字 = 事物本身/思想本身(尊崇圣言的逻辑),并且根据这两条建立结构或体系。所以,在西方神学体系中,"上帝之名""神之言"不仅仅是字,而是代表上帝所创造的整个世界。所谓 God's word is the world。

中国皇权体系的基础,也是皇帝的话不可挑战。"奉天承运,皇帝诏曰";皇帝是九五之尊,以天子身份号令天下,因而:"普天之下,莫非王土;率土之滨,莫非王臣。"中国父权宗族制度的基石也是这样建立的。旧时代的家里和宗族里,父之言也是一言九鼎,绝对权威,号令一切。

皇权、父权、神权这几种专制,不仅尊崇圣言,而且强定善恶,将对立的两端绝对化,抹去中间层次,排斥和磨灭活的思想。到了现代,以政治教条为标志的专制取代了神权和皇权的专制,其中心高度

解构广角观

统一，照样不容所谓异端，并且将中心代表的酷烈意志转化为简单易行的号令，以诱惑加威慑加以贯彻，形成器械性的体系。甚至于现代世界的"科学"一词也演变成逻各斯中心式的"在场"能指。当"科学"一词等同于最合理的解释，冠以"科学"之名的理论和事物，对或不对，似乎都对了。"科学主义"（scientificism）于是登基，成为新的宗教。

卡夫卡的小说世界，是"父之名"的逻各斯中心统御的世界，"父之名"思想善于伪装和欺骗，但最终归于暴力。中国的父权宗族社会，一面为贞节妇女立牌坊，另一面将所谓"不守妇道"的女性野蛮处死。

长期体验逻各斯中心"真理"体系的中国人，擅长文字游戏，解构是天然的本能。"天"字的多意即为一例。孔子的"天"代表"仁"，设定一个最高的道德标准，规定一套等级秩序。经过不同的解释，"天"也有"为民"的意思。老子说"天地不仁"，在某种意义上针对的是孔子的"仁"。老子的"天"则强调"自然"，人要遵循自然之道行事，统治者也要遵循此道思考政治。另外，皇权的来源也是"天"，所谓"奉天承命"。而"民以食为天"，在民间的用法往往针对皇权：你统治，总要让我吃饱饭吧。至于不同的人呼叫："我的天哪！"或在表达悲愤，或惊讶，或赞赏，语义多变。

论证"天人合一"是个什么样的理想的人不在少数。不过，是不是应该看到"天"字的各种语境和语义，问一问：我说的是哪个"天"、哪一种"人"呢？

解构的智慧，在于尊重人们语言使用时的多意，尊重思想和言论的自由，不盲从一言九鼎的"真理"。

解构利用它分析的那个"真理"的话语来自由游戏，以子之矛攻子之盾，并没有自己的一套语汇，并不是"摧毁"，不是笼统的否定。如果不能改变逻各斯中心的逻辑，所否定的那件事有可能卷土重来，新的逻各斯中心继而代替旧的逻各斯中心，换汤不换药。解构用彼的逻辑和词汇，指出彼的矛盾，将彼的绝对体系变为可以商讨的话语。

中国进入现代，有过一概"否定"传统的倾向。传统思想的良莠尚未识辨厘清，西方新学接踵而来，带来了西方的二元对立辩证法。于是，中国和西方的逻各斯中心逻辑混在一起，甚至彼此支撑。评价"五四"及其新文化运动之所以复杂，因为对传统的批判往往演变成"打倒"。西谚说：泼洗澡水的时候，切勿把洗澡的孩子也一起扔了。事实上，孩子常常被扔掉，澡盆子又被人长期占用。

善于解构者善于游戏，四两拨千斤。尼采回到苏格拉底思辨西方历史时，指出苏格拉底的辩证法扼杀了希腊悲剧的精神。但是，他并不重复二元对立的否定法来否定苏格拉底，而是对传统的苏格拉底象征做修辞改造，成为"实践音乐的苏格拉底"。这个新符号代表一种希望：艺术和哲学应重归一体。尼采的这个解构范例，深刻而又潇洒。

我们今天还在使用的一些话语片段，延续着旧的等级思想。"天地君亲师"这句话，几个同义的在场词重复排列，中间的"君"字，承上启下，界定着"师"有类似"君"的地位。不错，"师"在任何文化里都具有适当的"象征权力"（symbolic power），如果为反对"天地君亲师"代表的等级秩序而采用"否定"法，那就会变成"文化大革命"中的极"左"，打倒"师道尊严"不算，而且对老师侮辱甚至施以暴力。"文化大革命"把一切传统当作"四旧"来横扫，绝对不是解构，而是典型的二元对立。

如果"天地君亲师"中的"君"改为"友"，轻松而严肃，必要的秩序还在，原先的秩序却被"平等"的概念改变了，解构了。

（二）"道""逻各斯""逻各斯中心"

中国有逻各斯中心的逻辑，但是没有语音中心主义意义上的逻各斯中心。中国有另一套语汇表示逻各斯中心，但是，老子的"道"不属于这个语汇。

讨论"说西—道东"，要识辨的不仅是"道"和"逻各斯"两个词，而是"道""逻各斯"和"逻各斯中心"三个词。

古希腊文的"逻各斯"在柏拉图之前就广泛使用，到了柏拉图

"逻各斯"才变成"逻各斯中心"。这样说也许更清楚：柏拉图说"逻各斯"，表示的是"逻各斯中心"逻辑；他是"逻各斯中心"的源头，不是"逻各斯"这个词的源头。德里达说柏拉图是"逻各斯之父"，以柏拉图的《斐多篇》为例说明，柏拉图是逻各斯中心之父（参见 Derrida，*The Father of Logos*）。

张隆溪认为"道"和"逻各斯"相似，灵感来自钱钟书在《管锥编》中的一些话。比如，钱先生说："'道可道，非常道'；第一、三两'道'字为道理之'道'，第二'道'字为道白之'道'，如《诗·墙有茨》'不可道也'之'道'，即文字语言。古希腊文'道'（Logos）兼'理'与'言'两义，可以相参。"（《管锥编》第二册，第408页）

钱先生这个"可以相参"之说，不仅仅影响了张隆溪先生。张岱年先生也说过，在西方哲学中也有个观念"逻各斯"，这个逻各斯跟老子的道很近似。一方面逻各斯指世界的根本规律，老子那个道也讲世界的根本规律；老子那个道也当"说"讲，"道可道"的可道之道当"言说"讲，西方的逻各斯也有说的意义。

但是，中西比较不应该是为了证明：你有我也有。如此求同不仅粗条，而且误导；忽略的某些细节，往往指向中西之间重要的差异。

古希腊文的 λόγος（logos）在柏拉图之前是一个语义复杂的词。根据卡恩（Charles Kahn）的解释，它的语义由四个部分组成：第一部分和"说话"有关，如 saying, speech, discourse, statement, report；第二部分和"说理"有关：account, explanation, reason, principle；第三部分和"名誉"有关：esteem, reputation；第四部分和"数字"有关：enumeration, ratio。此外，还有其他的意思。

希腊早期哲学家赫拉克利特的《残篇》里，logos 是一个神秘的词。《残篇》这样开始："这个 λόγος（逻各斯）证明，那些先听到这个字的人，和那些从没听过这个字的人，一样的茫然不知其义。然而一切由此而生而起。"（Heraclitus, 2001: 3）听起来很有《道德经》首篇的味道，但老子说的是，宇宙间的"道"是不可言说而又不得不用语言表述，而赫拉克利特说的是："一切由［逻各斯］而生",两者有细微而重要的差别。

海德格尔在解释赫拉克利特的"逻各斯"时,将古希腊文的 λόγος 溯源到动词 λεγειν(to lay, gather, arrange),并解释说这正是德语 legen(to lay)的主要意思。这样,海德格尔把 logos 译为德文的 legein,意思是:lets-lie-together-before,集合在一起摆在……面前。海德格尔认为,显露的思想(thought)和尚未显露的思想(un-thought)摆在一起,才是思想(Heidegger, 1975: 60, 70)。

钱钟书说,古希腊文"逻各斯"和老子的"道"一样,都是"兼'理'与'言'两义,可以相参",这不是从柏拉图之前这个词的复杂语义可以得出的结论。钱先生的说法反而从柏拉图的对话中得到某些佐证。

柏拉图把"言说"和"理性"联系在一起,最明显是在《斐多篇》中。其中,苏格拉底说"言说"之字"是藏在学习者灵魂中的智慧之字";另外,"不幸的是,书写就像绘画";斐多补充说,"知识那有生命的字[指言说之字]有灵魂,而书写实在地说不过是[言说的] 形象[image]"(Plato, *Phaedrus*, 2007: 47)。"绘画""形象"在柏拉图的语汇里都是"不在场"词,是贬义词。

钱先生说"相参",似在寻找东西方在"言说"上的一些联系和区别。他写《管锥编》时,国内还没有关于"解构"和"逻各斯中心"的讨论,但是他已经进入了柏拉图"逻各斯中心"的特定语义。当张隆溪承继他的说法时,直接的语境已经是"中国有没有逻各斯中心"这样的讨论。

问题是,"说西"和"道东",柏拉图的"逻各斯"(逻各斯中心)和老子的"道"只有表面的相似,内涵全然不同。老子的"道"怎么可能是"中国有逻各斯中心"的佐证?

逻各斯中心的逻辑,是要把话说死,将某种语义用"在场"词固定,从而垄断语义。而老子认为,"宇宙间的常恒之道"难以言说,又不得不说。常恒之道不能说死,你想一两句话说明白,那是不明白"道"为何物。这个智慧和柏拉图的逻各斯相反,却恰恰和解构相通。

老子和解构相通之处，具体的一点是：文字符号是喻说性的，能指和所指的关系是不确定的；文字符号在不同的组合中形成差异，表示不同的语义。德里达将表意的这种过程称为"延异"（differance）。

老子擅长修辞思维或喻说思维。他在《道德经》八十一章中用了各种比喻来言说本不可"道"之"道"："道"比作"用之或不盈"的"冲"（第4章）；比作不死的"谷神"（第6章）；"上善若水"（第8章）；"大道氾兮，其可左右"（第34章）；"道常无为而无不为"（第37章），如此等等。

老子的"道"指向自然界生发变化的永恒规律，而他观察和描述的方式，是以中国的阴阳辩证法为底蕴的。"反者道之动"（第40章）：自然界循环往复。"弱者道之用"（第40章）："道"是强弱消长的规律；强大的事物由弱小而来，而弱小又能取代强大，正如阴阳相互作用，此消彼长。老子的逆向思维，常常在于提醒人们注意容易被忽略的一面："知其雄，守其雌……知其白，守其黑。"（第28章）阴阳相互变化的看法，在《道德经》里更是用"无"和"有"的关系表达的："无，名天地之始；有，名万物之母。故常无，欲以观其妙；常有，欲以观其徼。此两者同处而异名，同谓之玄，玄之又玄，众妙之门。"（第1章）这段话毋宁是《易经》的提炼。

老子的"道"和柏拉图的"逻各斯[中心]"还有两个重要的区别。第一，阴阳辩证法和二元对立的辩证法不是同样的思维方式（下节详述）。第二，两者的宇宙观不同。柏拉图的哲学是神学，是上帝创世论，最终与基督教道德传统联姻；"真理""言说""知识""理性"都是神的体现；"神"在人的灵魂里，所谓直接来自灵魂的"言说之字"也是上帝之言。而老子心中的宇宙之道无始无终，神圣而无神，不遵循逻各斯中心逻辑，不能简单以唯物或唯心归纳，而是两者兼而有之。

以修辞思维、逆向思维为标志的老子智慧，成为华夏文明的一脉。柏拉图则是以二元对立的辩证逻辑为主，他在苏格拉底的影响之下摒弃了美学思维。这样看，老子和尼采的精神体系比较接近，和"逻各斯之父"柏拉图则比较远。精神上和柏拉图有些相近的是孔子，因为两人都相信等级思想。

老子所说的"道"和尼采所赞赏的古希腊"酒神精神"都是指贯彻宇宙之间那一股生而灭、灭又生、源源不绝、千变万化、无穷无尽的生机。

然而，仔细比较老子和尼采，又不难看到中西之间另一个重要的差别：老子在他生活的历史时空里向往"小国寡民"的政治，从"道"中得出"自然本位"的结论，主张人类仿效自然的和谐，提倡"柔弱胜刚强"的策略。"中国人因自然本位哲学形成一些民族性格，例如为求和谐而形成罕见的耐性，又如将山川草木人格化以至萌生无所不在的乡愁等，通常称为'天人合一'……当人们把和谐的愿望过多地倾注于自然界，也就把人内心矛盾中迸发的生命力淡化了。但人与天、人与人的矛盾又是拂之不去的，于是产生了［并非悲剧的］东方式的哀苦。"（童明，2006：11-12）

处于西方文明中的尼采，提倡以希腊悲剧为象征的生命意志，和西方文明"人本位"思想一脉相承。"人本位：以人的生命意志为本，以人的生命创造力的强弱判断人生的价值，它源于古希腊，尤其是希腊悲剧。"（童明，2006：12）木心先生这样描述"人本位"："生命是宇宙意志的忤逆，去其忤逆性，生命就不成其为生命。因为要生命殉从于宇宙意志，附丽于宇宙意志，那是绝望的。人的意志的忤逆性还表现在要干预宇宙意志，人显得伟大起来，但在宇宙是什么意义这一命题上，人碰了一鼻子宇宙灰。"（童明引用，2006：12）

直到今天，"自然本位"和"人本位"还分别是中国与西方的集体无意识。"人本位"和"自然本位"各有所长，东西方可以相互学习，但是，对中国的现代文化而言，"人"的觉醒仍然是重要的一课。

老子的"道"虽然离解构的思想比较近，但是《道德经》的政治思想里还是有"圣人"如何治理"百姓"的等级思想，甚至有愚民之嫌。这也是需要解构的问题。

四　中西两种不同的辩证法

我们对"辩证法"的朴素理解是：一分为二。问题并没有那么简单。首先，并非任何二元性模式都是二元对立。华夏文明里就有两种不同的二元性模式：尊卑对立的等级思想是二元对立；阴阳变化的系统学说是二元模式，却不是二元对立。奇怪的是，很少有人说尊卑对立是辩证法，大家几乎都在说：阴阳学说是中国的辩证法。那么，暂且沿用这样的说法。

将西方二元对立的"辩证法"和华夏文明的阴阳"辩证法"相比较，会发现两者之间有非常重要的区别。这些区别只有在思想和言论自由的前提下才能深度探索。笔者在这里抛砖引玉，点到为止。

前面分析过，中国的尊卑等级遵循的逻辑，与西方二元对立的逻各斯中心逻辑相似度极高。相反，阴阳学说的二元，并不是尊此贬彼的对立。阴阳彼此依附，互补互动，不是绝对的对立，而是相对和互补的对立。柏拉图的二元对立是含有"否定"的逻辑，被"否"的一方被排斥，阴阳学说里没有这样的否定。

中国文字里有一个现象：方圆、规矩、正负、强弱、刚柔等，含有阴阳相依的智慧。与此对照的是：君君臣臣、父父子子、男尊女卑等，这些才是二元对立，逻各斯中心。

宋多魁先生精练地将阴阳学说归为四条原理："阴阳相互依存共处一体，阴阳倚伏变通相互转化，阴阳此消彼长动态平衡，阴阳两性融合生生不息。"（宋多魁，2010：4）

自《周易》以来，阴阳爻形成了一套无所不包的文化符号系统，涉及天文、地理、历书、气候、生物、医药、社会关系等，但也往往和算卦占卜联系在一起。在这个系统里，阴阳学说的语义变化复杂，具体语境中的用法要做具体识别和评价。

要强调的是，阴阳学说不仅不是逻各斯中心的二元对立，反而时有消解二元对立的智慧，如果运用得当的话。

回答"中国有没有逻各斯中心"这个复杂的问题，至少要考虑到三方面的因素：（1）中国自古就有的尊卑等级、尊崇圣言的思想，是东方的逻各斯中心逻辑；（2）马克思哲学带来了西方辩证法，而马克思的辩证法来自黑格尔，黑格尔的辩证法又源自柏拉图的逻各斯中心，虽几经变化，它侧重"对立"的逻辑却一脉相承。我们运用"辩证法"时，会不会已经把西方的逻各斯中心和中国的逻各斯中心混为一谈，成了西方辩证法的中国化？（3）被称为"辩证法"的中国阴阳学说与西方二元对立的辩证法有很大的差别，却被混为一谈。这三点加起来，就成了一笔糊涂账，有待于仔细清理。

至少有三位先生不认这笔糊涂账，先后指出阴阳学说和西方二元对立之间的重大差异。不过，他们的意见都消失在政治浪潮中。

熊十力先生在《新唯识论》里说明："本论初出，世或以黑格尔辩证法相拟。实质本论，原本大易，其发抒《易》、《老》一生二、二生三之旨，若与辩证法有似者。但吾书根本意思，要在于变异而见真常，于反动而识冲伯，于流行而悟主宰，其于黑格尔氏，自有天壤悬隔处。非深于《易》者，终不解吾意耳。"（熊十力，1996：244）

1951年5月，熊十力托人带字条给梁漱溟。字条上写道："辩证法。《易》与新学说确有不同处。新义根底是斗争，《易》道虽不废斗争，但斗争是不得已而用之。要以仁义为经常之道，我正在于此处用心。"（见维基百科）

这两段文字里，熊先生把阴阳易学的辩证法与黑格尔的辩证法加以区别，并且强调这区别"自有天壤悬隔处"。所谓"新义［黑格尔的辩证法］根底是斗争，《易》道虽不废斗争，但斗争是不得已而用之"，这样做区别，指向当代意识形态显露的问题。

杨献珍先生提出"合二而一"理论受到批判，此事众所周知。"合二而一"的想法，也是杨先生从中国阴阳易学获得启迪，以此质疑西方辩证法的问题。杨献珍在他的"检讨"里说："形而上学思想方法的特点是'在绝对不能相容的对立中思维着'，即'是一是，否一否'的方法。怎样克服这种片面性？就讲要学会掌握对立统一规律去做工作。在这里，［我］讲对立统一多，讲对立斗争少。……我们在实际生活实际工作中，不能抓住一个侧面，丢掉另一个侧面。'将欲取之,必先与之',取和与的关系,就是一种辩证的关系,只有取,才能与,只有与,才能取,既不能只取不与,也不能只与不取。"(《杨献珍的书面检讨》)

杨先生在做检讨,但还是隐晦地保存自己的独立思考。这段话里所说的"形而上学思想"是"'在绝对不能相容的对立中思维着',即'是一是,否一否'的方法",指的是西方的辩证法。而杨说,自己"讲对立统一多,讲对立斗争少",却指出了"讲对立统一多"是另一种辩证法,指的应该是中国的阴阳学说。

冯友兰先生在《中国现代哲学史》的最后一章"'中国哲学史新编'总结"中说得更直白。冯先生主张把马克思主义的辩证法和中国古典辩证法放在平等地位上讨论比较。他认为:"一个统一体的两个对立面,必须先是一个统一体,然后才成为两个对立面。这个'先'是逻辑上的'先',不是时间上的先。用逻辑的话说,一个统一体的两个对立面,含蕴它们的统一性,而不含蕴它们的斗争性。"(冯友兰,1992:257)

"照马克思主义的辩证思想,矛盾斗争是绝对的,无条件的;'统一'是相对的,有条件的。这是把矛盾斗争放在第一位。中国古典哲学没有这样说,而是把统一放在第一位。理论上的这点差别,在实践上有重大的意义。"(冯友兰,1992:258)

三位先生都是从阴阳"辩证法"出发,质疑西方辩证法中的"对立"和"矛盾斗争"为主的二元对立。两种辩证法的差别看似细微,我们却能感受到"在实践中有重大的意义"是什么意思。某种意义上,三位先生做的都是解构这件事,亦即用阴阳学说反驳逻各斯中心的逻辑。当然,他们或许都没有听过解构这个概念。

我们比较阴阳学说和二元对立,旨在说明中西比较的异同交叉,依次探讨解构和中国这个大题目,并没有笼统地对这两种"辩证法"做优劣的评判。客观地说,黑格尔、马克思的辩证法,一方面继承了柏拉图传统,另一方面也改造了柏拉图的辩证法,使之适应现代社会。马克思哲学对黑格尔的批判也不容忽略:黑格尔辩证法,旨在证明所谓世界绝对精神的存在和走向,而马克思则从唯物历史观来识辨现代世界的二元对立。马克思始终强调 reification。这个词常译为"物化",意思类似我们说的"实践检验真理"。此外,阴阳辩证法有优点,也有问题,例如,它和占卜算卦等思想有千丝万缕的关联,有待于分析清理。熊、杨、冯等人的思考,提出了问题,还需要深入。

解构虽然和西方古典哲学联系密切,但它是经过重新梳理和陈述的现代理论。中国古典思想也有待更新,才能成为适合现代的哲学思想。

跋　　语

　　解构是现代性的思想：虽然解构和西方古典思想有密切的关系，但解构的底蕴是现代的，因为它反对专制和压迫的所谓"真理"，主张自由的思想和民主的对话。

　　解构针对的"真理"，不是事情发生的真相和规律，而是被奉为圭臬的那些价值和知识（又称"真理"），是"在场"词代表的那些"真理"。

　　解构的自由游戏旨在"中断在场"。

　　思辨的动力和标准不应该是柏拉图说的"真理"，而是尼采所说的"肯定生命"，肯定（affirming）大生命观（酒神生命），也肯定各种生命的任务（tasks of living）。

　　解构不是摧毁，而是通过自由游戏对某些真理概念和价值进行改变；用尼采的语言说，是对原有价值的重新评估。

　　解构者不事体系。

　　解构是双重科学；解构者对于它所思辨的文本，既是同谋，又是批判者。

　　解构认为，能指和所指的关系不稳定或不确定，质疑逻各斯中心的思想把某些能指和固定的所指捆绑起来维护压迫性的体系。

　　解构者善于在逻各斯中心结构的完整逻辑中找到它自相矛盾的地方；德里达看重文本中的 aporia（两难之处），原因也在此。

　　解构之力是酒神生命力，它引起的不稳定是引发变化的活力：它揭示逻各斯的自相矛盾，由此在体系内展开能指的自由游戏，创造开放的话语。

解构者的责任是面对历史和现实，以肯定生命的情怀，对"真理"重新梳理思辨。

解构者质疑柏拉图的知识论传统，是为了从生存的需要出发改造和更新知识；解构并不舍弃理性、逻辑、知识论，它只是将生存的问题引入知识论；解构介于知识和生存之间（between epistemology and existence）。

解构不迷信绝对真理、最高指示、圣人之言；解构不是神学。

解构是肯定生命的艺术，源于生命的艺术丰富多彩，变化无穷。

现代世界文学的许多作者天然地善于解构的艺术，包括：在无意识之流里以女性细腻和雌雄同体的智慧深刻切入历史和文化的沃尔夫夫人；在"自我"的纠结中发现和批判文明体制的问题而坚持诚实的弗洛伊德；以咏叹调的悲伤和噩梦般的讽刺来揭露和挣脱"父之名"牢狱的卡夫卡；热情不失冷静、自由不失严谨、战斗不失宽厚的尼采；深入人性而咏歌博爱的陀思妥耶夫斯基，等等。

中国古典思想里就有解构的元素；阴阳学说的二元是相辅相成的思想；禅宗的"不二法门"并非指"唯一"的法门，而是指佛法之门不能通过二元对立的思想进入；公案隐含的道理是：绝对的"正"，一不留神就"邪"了；老子善逆向思维，所逆者，"正向"思维也；而万物在"无"和"有"之间变化，"玄之又玄，众妙之门"；老子轻蔑逻各斯中心而看重艺术，以后的"玄学"走偏了，怪不得老子；

中国曾经是诗国，善修辞思维；公案里早就用"指月"的故事来忠告：切勿将文字符号和世界实物完全等同；民间社会历来有解构的智慧：皇帝以"奉天承运"执行皇权，百姓却说"民以食为天"。同样一个"天"字，民间的用法切断了皇权体系中"天"这个能指和"皇权"之间的逻各斯关系；同一个"天"字，一个表达圣意，一个代表民意。

如今的数字时代，多元思想得以传播，语言游戏多姿多彩，看似轻描淡写却余韵无穷，如"白日依山尽，黄河入海流。欲穷千里目，有雾"——这一游戏,既是解构,也是互文。

然而,真正有力的解构需要健全的公民社会,需要思想和言论自由得到尊重与保护,需要有个性的思辨,需要这样的思辨成为民族的常态文化。

解构的理论阐述看似玄奥,我们在生活中对它并不陌生;解构发生过,正在发生,还会继续发生。

参考文献

第一、第二章

Balkin, Jack. "Deconstruction." 1996. http://www.yale.edu/lawweb/jbalkin/articles/deconessay.pdf.

Barthes, Roland. "From Work to Text." Richter. 878–882. Print.

Benjamin, Walter. "The Image in Proust." *Illuminations*. Trans. Harry Zohn. New York: Schocken Books, 1969. 201–215. Print.

Brooks, Cleanth. "Irony as a Principle of Structure." Richter. 799–806. Print.

Coetzee, J. M. *Foe*. London: Penguin, 1987. Print.

de Man, Paul. "The Resistance to Theory." *Modern Criticism and Theory: A Reader*. Eds. David Lodge and Nigel Wood. New Delhi: Pearson Education, 2005. 349–365. Print.

——. Allegories of Reading: *Figural Language in Rousseau, Nietzsche, Rilke, and Proust*. Yale UP, 1979. Print.

Derrida, Jacque. "Some Statements and Truisms about Neo-Logisms, Newisms, Positisms, and Other Small Seismisms." Trans. Anne Tomiche. *The States of "Theory": History, Art and Critical Discourse*. Ed. David Tomiche. New York: Columbia UP, 1990. 63–95. Print.

——. "Differánce." Trans. David B. Allison. Richter. 932–949. Print.

——. "Force of Law: 'The Mystical Foundation of Authority.'"

Trans. Mary Quintance. *Cardozo Law Review*, 11 (1990).920 – 1045. Print.

——. "Structure, Sign and Play in the Discourse of Human Sciences." Trans. Richard Macksey and Eugenio Donato. Richter. 915 – 926. Print.

——. *Monolingualism of the Other; or, The Prothesis of Origin.* Trans. Patrick Mensah. Stanford, California: Stanford UP, 1998. Print.

——. *Positions.* Trans. Alan Bass. Chicago: U of Chicago P, 1981. Print.

——. *Specters of Marx: The State of the Debt, the Work of Mourning and the New International.* Trans. Peggy Kamuf. New York and London: Routledge, 1993. Print.

——. *Spurs: Nietzsche's Style; Eperons, Les Styles de Nietzsche.* English translation by Barbara Harlow. Chicago and London: U of Chicago P, 1978. Print.

——. *The Ear of the Other: Otobiography, Transference, Translation.* English edition edited by Christine McDonald. Trans. Peggy Kauf. Licoln and London: U of Nebraska P, 1985. Print.

——. "Like the Sound of the Sea Deep within a Shell: Paul de Man'sWar." *Critical Inquiry*, 14 (Spring 1988).590 – 665. Print.

——. "Limited Inc. abc …" *Glyph* (1977) 2: 167ff. Print.

Ellis, John M., *Against Deconstruction.* Princeton, New Jersey: Princeton UP, 1989. Print.

Eysteinsson, Astradur. *The Concept of Modernism.* Ithaca and London: Cornell UP, 1990. Print.

Felman, Shoshana. "Paul de Man's Silence." *Critical Inquiry*, Vol. 15, No. 4, (Summer, 1989).704 – 744. Print.

Gasché, Rodolphe. "Deconstruction and Hermeneutics." Royle. 119 – 136. Print.

Gilbert, Sandra M. and Gubar, Susan. "From Infection in the Sentence: The Woman Writer and the Anxiety of Authorship." Richter. 1532 – 1544.

Habib, M. A. R. *Modern Literary Criticism and Theory: A History*. MA.: Malden, 2008.

Hahn, Stephen. *On Derrida*. Belmont, CA: Wadsworth, 2002. Print.

Hartman, Geoffrey. "The Interpreter: A Self-Analysis." *The Fate of Reading and Other Essays*. Chicago and London: U of Chicago P, 1975. 3 – 19. Print.

Heidegger, Martin. "The End of Philosophy and the Task of Thinking." *On Time and Being*. Trans. by Joan Stambaugh. New York, Hagerstown, San Francisco, London: Harper & Row, 1969, 55 – 73. Print.

Lacan, Jacques. 1957. "The Agency of the Letter in the Unconscious or Reason since Freud." Trans. Alan Sheridan. Richter. 1129 – 1148. Print.

Lehman, David. "Deconstructing de Man's Life" *Newsweek* (Feb. 15, 1988). Print.

Morrison, Toni. *Playing in the Dark: Whiteness and the Literary Imagination*. New York: Vintage Books, 1993. Print.

Nietzsche, Friedrich. *Human, All Too Human: A Book For Free Spirits*. Trans. R. J. Hollingdale. Cambridge, New York: Cambridge UP, 1986. Print.

——. *The Birth of Tragedy* in *The Birth of Tragedy and The Case of Wagner*. Trans. Walter Kaufmann. New York: Vintage, 1967. 33 – 144. Print.

——. *Twilight of the Idols* in *Twilight of the Idols and The Anti-Christ* (1889, 1895). Trans. R. J. Hollingdale. Harmondsworth, England: Penguin, 1968. Print.

——. "Attempt at a Self-criticism." *The Birth of Tragedy and The Case of Wagner*. Trans. Walter Kaufmann. New York: Vintage, 1967. 17 – 27. Print.

Norris, Christopher. *Deconstruction: Theory and Practice*. London and New York: Methuen, 1982. Print.

Plato. "From *Phaedrus*." Richter. 46 – 49. Print.

——. "From *Republic*, *Book X*." Richter. 30 – 38. Print.

Richter, David. Ed. *The Critical Tradition*: *Classic Texts and Contemporary Trends*. Third edition. Boston and New York: Bedford/St. Martin's, 2007. Print.

Royle, Nicholas. "What is Deconstruction?" *Deconstructions*: *A User's-Guide*. Ed. Nicholas Royle. New York: Palgrave, 2000. Royle. 1 – 13. Print.

Zhang, Longxi, *The Tao and the Logos*: *Literary Hermeneutics*, *East and West*. Duke University Press, 1992. Print.

老子:《道德经》,载《老子本原》,黄瑞玄校注,人民文学出版社1995年版。

钱钟书:《管锥编》第2册,中华书局1979年版。

童明:《世界性美学思维振复汉语文学:木心风格的意义》,《中国图书评论》2006年第8期(总第186期),第4—13页。

——.《自然机器·人性·乌托邦:再论陀思妥耶夫斯基和车尔尼雪夫斯基之争》,《外国文学》2009年第1期(总第216期),第43—52页。

第三章

Allen, Graham. *Intertextuality*. London: Routledge, 2000. Print.

Bhabha, Homi K. *The Location of Culture*. London: Routledge, 1994. Print.

Bakhtin, M. M. and V. N. Volosinov. *Marxism and the Philosophy of Language*. Trans. L. Metejka and I. R. Titunik. Cambridge MA: Harvard UP, 1986. Print.

Bakhtin, Mikhail. *Problems of Dostoevsky's Poetics*. Ed. and trans. Caryl Emerson. Mineapolis: U of Minnesota P, 1984. Print.

Barthes, Roland. "The Death of the Author." *Image-Music-Text*. Trans. Stephen Heath. London: Fontana, 1977. 142 – 148. Print.

——. "From Work to Text" (1977). Richter. 878 – 882. Print.

——. "The Theory of Text." *Untying the Text: A Poststructuralist Reader.* Ed. Robert Young. London: Routledge and Kegan Paul, 1981. 31 – 47. Print.

——. *The Pleasure of the Text.* Trans. Richard Miller. New York: Hill and Wang, 1975. Print.

Benjamin, Walter. "The Image of Proust." *Illuminations: Essays and Reflections.* Ed. Hannah Arendt. Trans. Harry Zohn. New York: Schocken Books, 1969. 201 – 215. Print.

Bloom, Harold. *A Map of Misreading.* Oxford: Oxford UP, 1975. Print.

——. *Kabbalah and Criticism.* New York: Seabury, 1975. Print.

——. *The Anxiety of Influence: A Theory of Poetry.* Oxford: Oxford UP, 1973. Print.

Brooks, Cleanth. "From My Credo: Formalist Criticism." Richter. 798 – 799. Print.

Derrida, Jacques. "Structure, Sign and Play in the Discourse of Human Sciences." Richter. 915 – 926. Print.

Du Bois, W. E. B. "From *The Souls of Black Folk.*" Richter. 567 – 568. Print.

Eagleton, Terry. *Literary Theory: An Introduction.* Oxford: Basil Blackwell, 1983. Print.

Eliot, T. S. "Tradition and the Individual Talent." Richter. 537 – 544. Print.

Faulkner, William. *The Sound and the Fury* (1929). Ed. David Minter. Second edition. New York and London: Norton, 1994. Print.

Gilbert, Sandra M., and Susan Gubar. "From *Infection in the Sentence: The Woman Writer and the Anxiety of Authorship*" (1979). Richter. 1532 – 1544. Print.

Keats, John. "From a *Letter to George and Thomas Keats.*" Richter. 333. Print.

Kristeva, Julia. "Word, Dialogue and Novel" (1968). Trans. Alice

Jardine, Thomas Gora and Leon S. Roudiez. Moi（1986）. 34 – 61. Print.

Moi, Toril. Ed. *The Kristeva Reader*. New York: Columbia UP, 1986. Print.

Nietzsche, Fredric. "On Truth and Lie in an Extra-Moral Sense." Richter. 452 – 459. Print.

Richter, David H. Ed. *The Critical Tradition: Classic Texts and Contemporary Trends*. Third ed. Boston: Bedford/St. Martin's, 2007. Print.

Woolf, Virginia. "From *A Room of One's Own*." Richter. 599 – 610. Print.

第四章

Ali, Agha Shahid. "Postcard from Kashmir." *The Half-Inch Himalayas*. Hanover, NH.: Wesleyan UP, 1987. 1. Print.

Aristotle. "From *Poetics*." *The Critical Tradition: Classical Texts and Contemporary Trends*. Third edition. Ed. David Richter. Boston/New York: Bedford/St. Martin's. 59 – 81. Print.

Bhabha, Homi K. "Locations of Culture." *The Critical Tradition: Classical Texts and Contemporary Trends*. Second edition. Ed. David H. Richter. Boston/New York: Bedford/St. Martin, 1998. 1331 – 1344. Print.

Certeau, Michel de. "I. Psychoanalysis and Its History"（1978）. *Heterologies: Discourse on the Other*. Trans. Brian Massumi. Theory and History of Literature, Volume 17. Minneapolis: U of Minnesota P, 1986. 3 – 16. Print.

Derrida, Jacques. "Structure, Sign, and Play in the Discourse of the Human Sciences." Trans. James Strachey. *The Critical Tradition: Classical Texts and Contemporary Trends*. Third edition. Ed. David Richter. Boston/New York: Bedford/St. Martin's. 915 – 926. Print.

Eysteinsson, Astradur. *The Concept of Modernism*. Ithaca and London: Cornell UP, 1990.

Freud, Sigmund. "The Uncanny." Trans. James Strachey. *The Critical Tradition: Classical Texts and Contemporary Trends*. Third edition. Ed. David Richter. Boston/New York: Bedford/St. Martin's. 514 – 532. Print.

——. *Civilization and Its Discontents*. Trans. James Strachery. New York and London: W. W. Norton, 1961. Print.

——. *The Ego and the Id*. Trans. James Strachery. New York and London: W. W. Norton, 1960. Print.

Gelder, K. D., and Jacobs, J. M. "The Postcolonial Uncanny: On Reconciliation, (Dis) possession and Ghost Stories." *Uncanny Australia: Sacredness and Identity in A Postcolonial Nation*. Carlton, Vic.: Melbourne University Publishing, 1998. 23 – 42. Print.

Kristeva, Julia. *Strangers to Ourselves*. Trans. Leon S. Roudiez. New York: Columbia UP, 1991. Print.

Lyndenberg, Robin. "Freud's Uncanny Narrative." *PMLA*, Vol. 112. 5 (October 1997). 1072 – 1086. Print.

弗洛伊德：《超越唯乐原则》，《弗洛伊德后期著作选》，林尘、张唤民、陈伟奇译，上海译文出版社2005年版，第1—71页。

第五章

Dekoven, Marianne. "History as Suppressed Referent in Modernist Fiction." *ELH*, 51.1 (1984): 137 – 152. Print.

Derrida, Jacques. "Structure, Sign and Play in the Discourse of Human Sciences." (1966) Trans. Richard Macksey and Eugenio Donato. Richter. 915 – 926. Print.

——. *Positions*. Trans. Alan Bass. Chicago: U of Chicago P, 1981. Print.

Fowler, Doreen F. "'In the Penal Colony': Kafka's Unorthodox Theology." *College Literature*, 6.2 (1979). 113 – 120. Print.

Habib, M. A. R., *Modern Literary Criticism and Theory: A History*. Malden, MA.: 2008. Print.

Kafka, Franz. "In the Penal Colony." *The Penal Colony: Stories and Short Pieces*. Trans. Willa and Edwin Muir. New York: Schocken Books,

1948, 1976. 191 – 227. Print.

——. "The Judgment." *The Penal Colony: Stories and Short Pieces*. Trans. Willa and Edwin Muir. New York: Schocken Books, 1948, 1976. 49 – 63. Print.

Kant, Immanuel. "What is Enlightenment?" *The Portable Enlightenment Reader*. Ed. Isaac Kramnick. London: Peguin, 1995. 1 – 7. Print.

Nietzsche, Friedrich. "From *The Birth of Tragedy from the Spirit of Music*." Trans. Francis Golffing. Richter. 439 – 452. Print.

——. "On Truth and Lie in an Extra-Moral Sense." Trans. Harry Heuser. Richter. 452 – 459. Print.

Richter, David H. Ed. *The Critical Tradition: Classic Texts and Contemporary Trends*. Third edition. Boston/New York: Bedford/St. Martin's, 2007. Print.

第六、第七章

Artistotle. "From *Poetics*." *The Critical Tradition: Classic Texts and Contemporary Trends*. Third Edition. Ed. David H. Richter. Boston and New York: Bedford/St. Martin's, 2007. 59 – 81. Print.

Borges, Jorge Luis. "John Wilkins' Analytical Language." *Selected Non-Fictions*. Ed. Eliot Weinberger. Trans. Esther Allen, Suzanne Jill Levine and Eliot Weinberger. New York: Vilkin Penguin, 1999. 229 – 232. Print.

Deleuze, Gilles. *Nietzsche and Philosophy*. Trans. Hugh Tomlinson. New York: Columbia UP, 1983. Print.

Hadot, Pierre. *Philosophy as a Way of Life*. Edited with an introduction by Arnold I. Davidson. Trans. Michael Chase. Oxford, U. K. and Cambridge, U. S. A.: Blackwell, 1995. Print.

Luckacher, Ned. *Time-Fetishes: The Secret History of Eternal Recurrence*. Durham and London: Duke UP, 1998. Print.

Nietzsche, Friedrich. *The Birth of Tragedy* in *The Birth of Tragedy and The Case of Wagner*. Trans. Walter Kaufmann. New York: Vintage, 1967.

33 – 144. Print.

——. *Twilight of the Idols and The Anti-Christ*. Trans. R. J. Hollingdale. Middlesex, England: Penguin, 1972. Print.

——. "Attempt at a Self-Criticism." *The Birth of Tragedy and The Case of Wagner*. Trans. Walter Kaufmann. New York: Vintage, 1967. 17 – 27. Print.

——. "On the Uses and Disadvantages of History for Life." *Untimely Meditations*. Trans. R. J. Hollingdale. Cambridge, New York: Cambridge UP, 1983. 59 – 123. Print.

Pearson, Keith Ansell. *How to Read Nietzsche*. New York and London: Norton, 2005.

Plato. "From *Republic*, Book X." *The Critical Tradition: Classic Texts and Contemporary Trends*. Third Edition. Ed. David H. Richter. Boston and New York: Bedford/St. Martin's, 2007. 30 – 38. Print.

Zimmermann, Bernhard. *Greek Tragedy: An Introduction*. Translated from German into English by Thomas Marier. Baltimore and London: The Johns Hopkins UP, 1986. Print.

伊沃·弗伦策尔:《尼采》,张念东、凌素心译,河北教育出版社1996年版。

尼采:《希腊悲剧时代的哲学》,周国平译,台湾商务印书馆1994年版。

木心:《魏玛早春》,见《巴陇》,远流出版有限公司1998年版,第227—239页。

第八章

Benjamin, Walter. "The Task of the Translator: An Introduction to the Translation of Baudelaire's *Tableaux Parisiens*." *Illuminations: Essays and Reflections*. Trans. Harry Zohn. Ed. Hannah Arendt. New York: Schocken Books, 1969. 69 – 82. Print.

Clifford, James. "The Translation of Cultures: Maurice Leenhardt'sEvangelism,

New Caledonia 1902 – 1926" (1980). Rpt. in *Contemporary Literary Criticism*: *Literary and Cultural Studies*. Third edition. Eds. Robert Con Davis and Ronald Schleifer. New York and London: Longman, 1994. 626 – 641. Print.

de Bary, Wm. Theodore. *The Trouble with Confucianism*. London: Harvard UP, 1991.

Derrida, Jacques. "Of Grammatology" (excerpt) in *A Derrida Reader*: *Between the Blinds*. Trans. G. C. Spivak. Ed. Peggy Kamuf. New York: Columbian UP, 1991. Print.

——. "*Republic*, Book X." *The Critical Tradition*: *Classic Texts and Contemporary Trends*. Third edition. Ed. David H. Richter. Boston/New York: Bedford/St. Martin's, 2007. 30 – 38. Print.

——. "Structure, Sign, and Play in the Discourse of the Human Sciences." *The Critical Tradition*: *Classic Texts and Contemporary Trends*. Third edition. Ed. David H. Richter. Boston/New York: Bedford/St. Martin's, 2007. 915 – 926. Print.

——. "The Father of Logos from *Plato's Pharmacy*." *The Critical Tradition*: *Classic Texts and Contemporary Trends*. Third edition. Ed. David H. Richter. Boston/New York: Bedford/St. Martin's, 2007. 926 – 932. Print.

——. *The Tao and the Logos*: *Literary Hermenuetics, East and West*. Duke UP, 1992.

Heidegger, Martin. *Early Greek Thinking*. New York: Harper and Row, 1975. Print.

Heraclitus. *Fragments*: *The Collected Wisdom of Heraclitus*. Greek-English bilingual edition. Trans. Brooks Haxton. New York: Viking, 2001. Print.

Kahn, Charles. *The Art and Thought of Heraclitus*. Cambridge: Cambridge UP, 1979. Print.

Nulty, Timothy J. "A Critical Response to Zhang Longxi." *Asian Philosophy*, Vol. 12, No. 2 (2002). Print.

Plato. "From *Phaedrus*." *The Critical Tradition*: *Classic Texts and Con-

temporary Trends. Third edition. Ed. David H. Richter. Boston/New York: Bedford/St. Martin's, 2007. 46 – 49. Print.

Spivak, Gayatri Chakravorty. "Preface" in Derrida's *Of Grammatology*. Trans. Gayatri Chakravorty Spivak. Baltimore: Johns Hopkins UP, 1976. Print.

Zhang, Longxi. "The 'Tao' and the 'Logos': Notes on Derrida's Critique of Logocentrism." *Critical Inquiry*, Vol. 11, No. 3 (Mar., 1985). 385 – 398. Print.

冯友兰：《中国现代哲学史》，中华书局1992年版。

老子：《道德经》，载《老子本原》，黄瑞云校注，人民文学出版社1998年版。

李克曼：《认识和误解中国》，载《小鱼的幸福》，杨年熙译，上海文艺出版社2014年版，第34—37页。

木心：《木心诗选》，广西师范大学出版社2015年版。

史忠义：《也谈"道"与"逻各斯"》，中国外国文学网（http://foreignliterature.cass.cn/chinese/NewsInfo.asp? NewsId = 2238）。

钱钟书：《管锥编》第2册，中华书局1979年版。

宋多魁：《周易探源》，广西师范大学出版社2010年版。

童明：《世界性美学思维振复汉语文学》，载《中国图书评论》2006年第8期，第4—13页。

杨献珍：《杨献珍的书面检讨》，引自 *The Chinese Cultural Revolution Database*. Ed. Song Yongyi. Hong Kong: The Universities Service Center for China Studies, The Chinese University of Hong Kong, 2002 – 2014。

熊十力：《新唯识论》，中华书局1996年版。

《熊十力》，《维基百科》（http://zh.wikipedia.org/wiki/）。

于连：《答张隆溪》，陈彦译，《二十一世纪》1999年10月号，第119—122页。

张隆溪：《跨越中西的文化交流与对话：张隆溪教授访谈录》，原载《书屋》2010年第4期（http://www.zwwhgx.com/content.asp? id = 3014）。